の
士

・プリンセス

Contents

本文イラスト／左近堂絵里

✳ レイヴェン ✳
「混沌の夜」という世界から、真夜との契約で呼び出された騎士。絶大な力を持つ。
✳ 真夜 ✳
15歳。育て親であるイーサンの死後、日本へやって来た。無口で、影のある美少女。
黒の騎士
✳ ダークローズ・プリンセス ✳

ダークローズ・プリンセス

黒の騎士

榎木洋子

13477

角川ビーンズ文庫

＊ 謎の少女 ＊
真夜と何らかのかかわりがあるようだが……？
＊ イーサン ＊
真夜の叔父。死別した真夜の両親に代わって彼女を育てたが、事故に遭い死亡した。
＊ ミナト ＊
真夜の同級生。明るく好奇心が旺盛で、何かと真夜に話しかけてくる。

Characters

——来たれ獣よ　我が元へ——

プロローグ

遠くで教会の鐘《かね》が鳴っていた。

叔父《おじ》のイーサンの葬儀《そうぎ》の鐘だ。

五歳の時に母を亡《な》くした真夜《まよ》を、十年間大切に育ててくれた叔父だった。

その鐘の音を聞きながら、真夜は夕暮れのせまる中、教会の裏手の丘《おか》へと登った。

唇《くちびる》を固く引きむすび、手に叔父の残した細身の短剣《たんけん》を持って。

(もうだれも、わたしの家族はいない……。だれもわたしのそばには残らない……)

胸が張り裂《さ》けそうだった……。

ロンドンから遠く北に離《はな》れたこの地方では、今もって教会にその場所があれば土葬《どそう》をすることがもっとも望ましいとされている。

イーサンの父、すなわち真夜の祖父ハワードは一代限りのナイト爵位《しゃくい》を得た土地の名士であり、当然教会には一族の墓が用意されていた。

その場所に、先ほどようやくイーサンの眠《ねむ》る棺《ひつぎ》が埋《う》められ、花と土がかぶせられた。葬儀の参列者たちはそろそろ帰途《きと》についている頃《ころ》だろう。

イーサンの親しい友人たちは、恋人《こいびと》のアンジェラに尽《つ》きぬお悔《く》やみを述べるために彼女のそばに残っているかもしれない。

本来なら、ただ一人の肉親である真夜こそが教会に残って、弔辞《ちょうじ》を受けなければならないのだが……。

もう耐《た》えられなかった。人の視線が。人の言葉が。

「身体《からだ》の弱いイーサンだったが、まさかこんな形で急死するとは……」

「やっぱりもっと強く忠告《ちゅうこく》すれば良かった。あんな疫病神《やくびょうがみ》を引き取るなって」

「本当に悪魔《あくま》でも憑《つ》いているんじゃないのか」

「生まれてすぐに父と祖父と双子《ふたご》の姉が死んで……」

「母親だってその五年後に車の事故で死んでいるじゃない」

「酷《ひど》い事故だったよ。車は大破《たいは》。運転席には工事の鉄骨が突《つ》き刺《さ》さって……」

「それでもチャイルドシートのあの子は奇跡《きせき》的にかすり傷だけさ」

形ばかりにひそめられた声。

真夜に聞こえてもかまわないのだと声の調子が言っていた。

「それより、リッジ家の財産のほとんどをあの子が受け継《つ》ぐのでしょ。ひょっとして……」

「まさかあんな年で陰謀《いんぼう》を？　確かに膨大《ぼうだい》な財産だが……」

「だって見なさいよ、ほら。涙《なみだ》の一粒《ひとつぶ》も見せてないじゃない」

「昔から無愛想《ぶあいそう》でかわいげのない……」

「とにかく、だれかが後見人《こうけんにん》にならなければいかん」

「冗談《じょうだん》じゃない。あんな疫病神を引き取るのはゴメンだ」

「日本だかに祖母がいるって話だ。そっちに引き取らせればいい」

「あら、馬鹿《ばか》ねえ。後見人《こうけんにん》にも相応の財産分与《ぶんよ》があるのよ？　名前の欄《らん》にサインだけして、あとは十八の成人まで寄宿学校にでも放《ほう》りこめばいいのよ」

まるでティールームの会計でも頼《たの》むようにだれかが空中にサインを泳がす。

「それで呪《のろ》いがこないなら、名案だわね」

教会で賛美歌《さんびか》を歌う間にも、見知らぬ親族たちのささやき声が真夜の耳に届いていた。

隣《となり》に座ったイーサンの親友は、励《はげ》ますようにそっと真夜の手を握《にぎ》ってくれた。

反対の隣に座るイーサンの恋人のアンジェラは、こうささやいた。

真っ赤に泣きはらした目で、「そうよ、あなたのせいよ」と……。

アンジェラの言うこともっともだと思った。叔父の死はやはり自分のせいなのだろう。自分がいたから、イーサンは死んでしまったのだ。

自分がいたから、家族は皆《みな》死んでしまったのだ。

周りのだれもかれもが死んでいく。

人だけではない。可愛《かわい》がっていた動物たちも次々に死んでいった。

イーサンのアパートに飼《か》われていたインコも、その後でふたりで雨の日に拾《ひろ》った小さな猫《ねこ》の兄弟も、片足を引きずった老犬も……。皆、ある日突然《とつぜん》死んでしまった。猫たちは眠るように静かに死んでいき、インコと老犬は身体を引き裂かれて死んでいた。インコはどこかの猫の仕《し》業《わざ》にされて、老犬はアパートの前の道路で車にひかれたのだろうとイーサンは言った。

それ以後、イーサンはどんな生き物も飼うことを禁止した。いつも優《やさ》しい笑みの顔に、この時ばかりは厳《きび》しい表情を浮《う》かべて真夜に約束させたのだ。

以来、真夜が捨てられた仔猫《こねこ》を拾ってきても、一週間で別の引き取り手を見つけてきた。もらわれていった猫は、六年たった今でも元気に暮らしているという。

不吉《ふきつ》な呪いが、自分にはおおい被《かぶ》さっているのだ。

周りの者を死なせてしまうのだ。

（わたしが、いるから………）

張りつめたまなざしで教会を出て行く真夜を、だれも引き留《と》めなかった。

丘の上につくと、真夜は手にした短剣を目の前にかかげた。

小さく風《ふ》が吹いて、足元の枯《か》れ葉を巻きあげていく。

真夜の膝《ひざ》に黒いドレスの裾《すそ》がからまる。

短剣の鞘《さや》も柄《つか》も凝《こ》った細工がほどこされていた。

とても古い物だと分かる。一粒はめられた赤い石は本物のルビーだとイーサンは言っていた。

真夜を引き取ってしばらくしたあと、もうだれも住んでいないリッジ家の館《やかた》の中から、捜《さが》して持ってきたのだと言っていた。

真夜は幼心にもイーサンが祖父とリッジ家を毛嫌《けぎら》いしていると知っていたので、ふしぎに思って聞いた。「どうしてそんなことを?」と。イーサンは苦笑《くしよう》してこう言った。

「兄さんと義姉《ねえ》さんの分も僕は真夜を大切にするよ。でも……いつか僕の力だけでは真夜を守りきれなくなる。その時のためにこれが必要なんだ。真夜、その時が来たらこれを使うんだ。……いいや、本当は使って欲《ほ》しくない。でも、もし僕が死んで、そして真夜がすべてに耐えられなくなったら。これを使うんだ」

幼い真夜には叔父の言葉はよく理解できなかったが、かれが死んでしまうと言ったときにポロポロと涙をこぼして泣き出した。するとイーサンは慌《あわ》てた。

「今すぐ僕が死ぬことはないよ。まだ大丈夫《だいじょうぶ》。僕は身体があまり丈夫ではないけれど……でもちゃんと真夜が大きくなるまで、そばにいたいんだからね」

けれど万が一のときにとイーサンは言ったのだ。

真夜はずっとそのことを考えないようにしていた。短剣もクローゼットのうんと奥にしまいこんで、いつもは存在さえ忘れていた。

けれどイーサンが死に、真夜は短剣の存在を思い出さざるをえなかった。

幼い頃は、短剣を使うということが何を意味するのか分からずにいたが……。今は分かる。

一人残ったこの世界には耐えきれない。

もうだれも自分を愛してはくれない。

もうこれ以上、大切に想《おも》った人が死ぬのは耐えきれない。

丘の上まで来たのは、ここが教会の土地ではないからだ。教会の敷地《しきち》内で命を絶《た》てば、冒瀆《ぼうとく》行為《こうい》を行ったとして家族の眠るリッジ家の墓に入れてもらえなくなると思った。

せめて死んだあとは家族と一緒《いっしょ》にいたかった。永遠に。


真夜は鞘から短剣を抜《ぬ》いた。

沈《しず》む太陽の光りに、鋭《するど》い刃《やいば》が光った。

ひとつ呼吸を置いて、真夜はためらわず自分の手首に刃を滑《すべ》らせた。

鋭い痛みが走る。そして……。


したたる血が。

大地にふれる。

その一瞬《いっしゅん》に一陣《いちじん》の風がたち、枯れ葉を舞《ま》いあげた。

髪《かみ》を巻きあげられ、真夜は思わず顔をそむけた。

やがて風が収まり顔を戻《もど》した視線の先には、ありえない光景が広がっていた。


「我を召喚《しょうかん》せしは、そなたなるな……」

真夜の前には、漆黒《しっこく》の馬にまたがった黒衣の騎士《きし》がいた。

白銀の髪に青い瞳《ひとみ》。端整《たんせい》な顔立ちは青白く、一目で生きている人間ではないことが知れた。

けれどふしぎと恐《おそ》れは感じなかった。つい先ほど死ぬと覚悟《かくご》した自分には、そんな感情さえもう無いのだと真夜はぼんやりと思った。

それとも自分はすでに意識を失っていて、これは死ぬ間際《まぎわ》の夢なのだろうかと。

騎士は、無言で見つめる真夜のすぐ目の前まで近づくと、馬をおりてその場でひざまずき、傷ついた真夜の手をとった。

振《ふ》り払《はら》わなかったのは、冷たいけれど、とても優しい指先だったからだ。

騎士は恭《うやうや》しくとった真夜の手首にそっと唇《くちびる》を近づけた。

ふしぎな、理解しかねることがおきた。

騎士の唇がふれたとたん、真夜の手首の傷がふさがったのだ。

傷口さえも無くなっていた。代わりに手首には紋様《もんよう》が浮かんでいた。黒い薔薇《ばら》の形に見えた。

「あなたは……だれ?」

黒い騎士の目が真夜からその背後に移り、微《かす》かに細められた。

つられるように真夜が振りかえると、丘《おか》の上の地面に三つの黒い瘤《こぶ》ができていた。

石の影《かげ》ではない、もっと別の物……。まるで地中のモグラが顔を出したかのようだったが、瘤は地面の上をゆっくりと動き、こちらに近づきつつあった。

真夜はぞくりと身体《からだ》を震《ふる》わせて一歩しりぞいた。それはよりいっそう黒い騎士に近づくことになり、騎士は、真夜の後ろで密《ひそ》かに笑みを浮かべた。

黒い瘤の群れはやがて真夜を囲むように集まってくると、ゆらゆらと揺《ゆ》れて、表面に不気味な顔を浮かびあがらせて喋《しゃべ》った。

「血が……流れた。……儀式《ぎしき》の刃《やいば》による血……契約《けいやく》を……望むのか……」

真夜は声にならない悲鳴をあげた。

「契約を……我らと……」

波のように揺れながら、黒い瘤が繰《く》り返し唱える。

黒い騎士は立ちあがると腰《こし》の剣に手をかけた。しかし途中《とちゅう》で止《や》めて真夜に話しかける。

「あれなるは『混沌《こんとん》の夜』の中でも最下級の魔物《まもの》。そなたが怯《おび》える必要は無い。目障《めざわ》りならば葬《ほうむ》り去れば良い」

「葬り去る………？」

「手にしたる武器は、なんのために在《あ》る」

真夜は右の手に握《にぎ》ったままの華奢《きゃしゃ》な短剣に目を落とした。しかし、黒い騎士は真夜の左手をとり、指の先で手首の薔薇の紋様をなぞった。

「あっ……」

チリリと痛みが走り、手首に血がにじんだ。薔薇の形に。

「刃でふれてみるがよい。そなたの武器はそこに宿《やど》る」

黒い騎士は言った。

どうしてそのとき言葉に従《したが》ったのか、真夜はあとになっても分からなかった。けれど黒い騎士の言うとおり、真夜は短剣の刃をにじむ血に押し当てた。

変化は一瞬で起きた。真夜の右手には短剣ではなく鞭《むち》が握られていた。

黒に近い深紅《しんく》の色をした、鞭のところどころに薔薇の刺《とげ》を持つ武器だった。

驚《おどろ》いていた時間は短かった。

黒い瘤の群れがせまり、真夜の足にヒヤリとする身体を押しつけてきたのだ。

真夜は夢中で鞭をふりおろした。

一投目はあいにく外したが、二投目で薔薇の鞭は黒い瘤の身体に当たった。そのとたん瘤は水をつめた風船のようにはじけた。

黒い飛沫《しぶき》が丘の上の枯《か》れ葉に飛び散り、いやな臭《にお》いをまき散らす。

真夜は眉《まゆ》をひそめながら、二つ目の瘤目がけて鞭をおろした。今度は一投目で瘤がはじける。

「喚《よ》んだのは、おまえ……契約……」

三つ目の瘤も真夜の鞭を受けて消えた。あまりにもあっけなかった。

呆然《ぼうぜん》としていると、黒い騎士が真夜の右手をとり、鞭を握らせたまま、左の手に重ね合わせた。

「この鞭はそなたの生命の力。下級の魔などふれただけで滅《ほろ》ぼしえる。怯える必要はない」

すると薔薇の刺の鞭は、薔薇の紋様に吸いこまれるようにして消えた。虫に噛《か》まれるような小さな痛みを与《あた》えて。あとには、真夜の手首をぐるりと一周する薔薇の刺の痣《あざ》が浮かんだが、見るうちにそれも消えた。

真夜は黒い騎士を見あげた。

黄昏《たそがれ》の最後の光が、銀色の髪を淡《あわ》く光らせていた。深い海のような瞳は奥底になにを隠《かく》しているのか、少しも分からなかった。

人ではないと思う。しかし……先ほどの黒い瘤に感じたような嫌悪《けんお》感はわいてこなかった。それどころか、どこか懐《なつ》かしいとさえ思った。

「――あなたは、だれ？」

もう一度、真夜はささやくように聞いた。

騎士はじっと真夜を見つめた。

「我はそなたの影。そなたの騎士。そなたを何者からも守ろう」

騎士は再び真夜の前にひざまずいた。黒い騎士のマントが、禍々《まがまが》しい羽根のように広がった。

「我に名を与えよ、我が主《あるじ》。それをもって契約のすべてが結ばれる。のちに心赴《おもむ》くままに命《めい》を下《くだ》せば良い。すべては履行《りこう》される」

これは夢なのだろう。黄昏の中にひざまずく騎士を見ながら真夜は思った。

黒い瘤の嫌《いや》な生き物も、自分が鞭を操《あやつ》ってそれを退治したこともすべて夢だ。現実ではありえないことだ。

夢ならばいいのに。

イーサンが死んでしまったことも、家族がすべて死んでしまったことも、ただ一人自分だけが残されたことも……。

とうとう、真夜は言った。言わずにはいられなかった。

「では、わたしを助けて。この狂気《きょうき》の世界から、連れ去って……」

真夜は黒い騎士を見つめた。

「あなたに名を与えるわ――レイヴェン」

思いついたのは漆黒《しっこく》の翼《つばさ》を持つ大鴉《おおがらす》。騎士はそのまなざしに微《かす》かな光りを宿らせた。

「御意《ぎょい》――」

長身の騎士は立ちあがると、黒衣のマントを広げて真夜をすっぽりと中に包みこんだ。

闇《やみ》の中に、叔父《おじ》イーサンの笑顔が見えた気がした。

第一章　薔薇《ばら》の鞭《むち》

——半年後。真夜《まや》は日本にいた。

母方の祖母に引き取られたのだった。


「返却《へんきゃく》です」

この日、真夜は学校の制服を着たまま閉館間際《まぎわ》の区立図書館に駆《か》けこんだ。寄り道が長引いて遅《おそ》くなってしまったのだ。鞄《かばん》から本を取り出して、慌《あわ》ただしく返却カウンターに積《つ》む。『神秘学と魔法』『悪魔の伝説』『宮大工《みやだいく》の技巧《ぎこう》』『雑誌―日本家屋』極端《きょくたん》に分かれた嗜好《しこう》だ。

「まだ借りられますか?」

そこにいた司書の青年に聞くと、彼はチラリと壁《かべ》にかかった時計を見た。閉館まであと五分も無い。

「チャイムが鳴ったらカウンターは閉めるから――――」

言葉が途中で止まった。真夜の容姿《ようし》に気づいたからだ。

長い漆黒の髪のために、今のように学校の制服に包まれれば、真夜は後ろ姿だけでは日本人と区別がつかない。けれど、顔を見れば、こうして大半の人間が一瞬《いっしゅん》息をのむ。

日本人にはない肌《はだ》の白さに深い緑の眼《め》に薄紅《うすべに》を引いたような唇《くちびる》。整いすぎた顔立ちは西洋の美しい人形そのものだったが、真夜の場合はその顔に少女らしい柔《やわ》らかさは微塵《みじん》もなかった。人が見てなによりも心惹《こころひ》かれて、また一歩引くのは、真夜のきつくまなじりの上がった目だった。

まるで心の奥底をのぞかれるような、なにか重大なことを問いかけられている気持ちにさせる目だった。それゆえに、彼女の前に立つと、人はなにか落ち着かなくなるのだ。

司書の青年はかすかに頬《ほお》を染めて真夜に言った。

「えぇと、閉館のチャイムが鳴り終わるまでにカウンターに並ぶといいよ」

「ありがとうございます」

真夜は軽く頭を下げるとフロアーの奥の書架《しょか》へ早足で向かった。その動作の中で、真夜の袖《そで》口《ぐち》から白い包帯がのぞいた。左手首を覆《おお》って袖の中に隠れている。なにか怪我《けが》をしたのだろうたからだった。

か……とぼんやり考えて、なぜか司書の青年は寒気がした。不意に陰惨《いんさん》な血のイメージがわい

「——ええ、目当ての本は決まってるの。先週貸し出し中だった本」

真夜は書架の一つを曲がって、自分の姿が司書から見えなくなったとたん、ぼそぼそとこぼした。周囲に人の姿はない。貸し出しカウンターに3人ほどが並んでいるだけで、この一角にはもう図書館員も来館者もいないようだ。

「ううん、時間がないから今日はその一冊だけ。建築の本はまた今度にして。——ペットショップの寄り道が長引いたのは、わたしだけのせいじゃなかったと思うけど」

真夜はブツブツと独《ひと》り言《ごと》を繰《く》り返す。小さな声は、天井《てんじよう》まで高さのある書架にすべて吸い取られ、だれの耳にも届かない。

いま真夜の歩いている通路の左右には、神秘学とプレートを貼《は》られた書架が並ぶ。

「ダメ、飼えないわよ。お祖母《ばあ》さまにはそれでなくとも迷惑《めいわく》をかけているのだし。仔犬《こいぬ》の世話なんて……。それに、わたしが飼えば、どうなるか。分かっているでしょ、イーサン。——あったわ、この本よ」

真夜は書架の中段から分厚《ぶあつ》く重い本を引っ張り出した。『悪魔《あくま》の支配者—召喚術《しようかんじゆつ》—』と書かれた本だ。こういった図書館に揃《そろ》えられた本では、その内容もたかが知れていると分かってい

たが、一般的《いっぱん》に普及《ふきゅう》している知識を学ぶためにもと、真夜はなるべく読むように心がけているのだ。

それを手にとったあとに、ふと下の段の本が目に入った。こちらも同じくらいに厚く、背表紙には金の印刷で、『混沌《こんとん》と悪魔』と書かれていた。

真夜は「混沌」という言葉に反応した。それは自分の名付けた黒い騎士《きし》レイヴェンが、最初に口にした言葉でもあった。

「混沌の夜」という世界。

レイヴェンは――レイヴェンと、他の魔物たちは、そこから来たのだと言っていた。

こういったことで、真夜の知る本当のことを書いてある本はまず存在しないと分かっていたが、念のためにと手を伸《の》ばした。

期待が外れていたとしても、多少価値があるなら一緒《いっしょ》に借りてみようと思い、ためしに二、三頁《ページ》ぱらぱらと目を通した。

……そのつもりだったが。

――や…………まや…………真夜！

だれかにしつこく名前を呼ばれているのに気がついた。

ハッと気がつくと、真夜はすでに分厚い本の半分近くを読み進んでいた。閉館のチャイムも、書架の間を隅々《すみずみ》まで見て回る館員の声も聞かないままに。

これはありえないことだった。すなわち、かれらの罠《わな》にはまったのだ。

「――ええ、油断したわ」

だれかの言葉に応《こた》えて舌打ちし、真夜は急いで本を閉じて棚《たな》に戻そうとした。できなかった。本が手から離《はな》れなかったのだ。

本を持っていた左手が、半分近く本の中に埋《う》もれていた。本はその部分だけドロリとした粘《ねん》液《えき》に変わっていた。

「ククク。なんだお終《しま》いか？　もっと調べていいんだぜ。オレの身体《からだ》――」

笑い声とともに本の表紙にぎょろりと目が開いた。

真夜は唇を嚙《か》んで、ためらわずに本を横の本棚《ほんだな》に叩《たた》きつけた。

ぎゃっと悲鳴があがり、手を捕《と》らえていた粘液がゆるむ。

真夜はその隙《すき》に手を抜《ぬ》き去り、左手の包帯をほどいた。

白い包帯がはらりと床《ゆか》に落ち、真夜の周囲を黒に近い深紅の薔薇《ばら》の花びらが取りかこむ。それは変質した真夜の血だった。

次の瞬間、真夜の手に握《にぎ》られた鞭《むち》がしなり、床に落ちた本を切り裂《さ》いた。

黒い薔薇の鞭だった。

　しかし本にとり憑《つ》いた魔物はすでに移動していた。

　本棚を駆けあがり、書架のあちこちを移動していく。真夜は何度か魔物めがけて鞭を振《ふ》るったが、ちょこまかと動く魔物の身体をかすめるだけだった。

「すげーすげー。あんたちゃんとオレが見えるんだ。美味《おい》しそうな匂《にお》いにつられてやってきて正解だったぜ」

　魔物は今度は天井に貼《は》りつき、真夜を逆《さか》さまに見おろして笑った。ネズミに似た姿の魔物だった。ただし大きさは大きな猫《ねこ》ほどもある。

「すげーなあ人間の魔術師か？　けど、まだまだ足りないぜ。オレがあんたの魂《たましい》いただいてやったら、もっとすげーことできる。どうだ魂をよこさないか？　違《ちが》う世界を見せてやるぜ」

　真夜は無言で天井の魔物に鞭を振るう。魔物は余《よ》裕《ゆう》で避《よ》ける。

「けっ。けっ。あたらねーよ。おらおら、さっさと魂を渡《わた》せ。抵抗《ていこう》する人間からひっぱりだすのは面倒《めんどう》なんだよ！」

　魔物の身体が本棚に下り、そのままどろりと崩《くず》れて本棚に溶《と》けこんだ。

　こちら側の物質は一瞬震《ふる》えて抵抗したが、魔物の力に為《な》す術《すべ》なく侵入《しんにゅう》を許した。

　本棚はぐらりとかしいだかと思うと、中につまった本を真夜めがけて落としてきた。厚く重い本は、ぶつかれば立派な凶器《きょうき》と成《な》す。

「よこせよ、おまえの魂――――!」

餓《う》えた魔物が叫《さけ》ぶ。

「わたしの魂はわたしのもの。他人に渡すものじゃない。まして下級魔族になんて!」

真夜は迷うことなく襲《おそ》ってくる本を薔薇の鞭で切り裂いた。分厚いハードカバーの本が、真夜の鞭で柔《やわ》らかい布のようにスッパリと切れていく。

「………だめ。喚《よ》ばない。こんな魔物は一人で……」

真夜はまたもやだれかに答えた。

彼女の言葉どおり、どれだけの本が襲いかかってきても真夜の身体には触《ふ》れなかった。薔薇の鞭が次々と本を切り裂いていったのだ。

だが――それすらも罠だった。

切り裂かれてばらまかれた本の残骸《ざんがい》は、床で溶けあい、いつしか真夜の足をつかんだ。

はっと下を見おろし、すぐまた鞭で叩いた。

しかしゲル状になった本の残骸の表面の文字を波うたせただけで、真夜の足は解放されなかった。

「つーかーまーえーたぁ」

見ると、正面には本に取り憑いたあの魔物がいた。両手足を理不尽《りふじん》に長く伸ばして両側の書《しょ》

架《か》に捕《つか》まっている。真夜から見れば、まるで蜘蛛《くも》の巣のようだった。

「クックク。甘いなぁ。そんなんじゃ自分の力を持てあましてる口《くち》だろ？　なぁ、契約《けいやく》しようや。オレが有効に使ってやるぜ、あんたの力。……そんじゃ、いただくとするか！」

魔物の周囲に本が浮かんだと思うと、鋭利《えいり》なナイフへと変形をし、真夜めがけて襲いかかってきた。

やられる、と思った瞬間。真夜の視界を闇が包んだ。

「なぜ俺を喚ばない」

静かな聞き慣れた声がする。

背後には人の気配。否《いな》。人ではない黒い騎士レイヴェンの気配があった。

「イーサンが知らせたのね。……あなたを喚ぶと、大事《おおごと》になるから嫌《いや》なのよ、レイヴェン」

真夜は口ではそう言いつつ安堵《あんど》していた。自分が今、唯一《ゆいいつ》心安らげる闇、黒衣の騎士のマントに包まれていると知ったからだ。

視界が戻る。レイヴェンが黒いマントをどけたのだ。ナイフはすべて一枚の布で防《ふせ》がれていた。

「もう充分《じゅうぶん》に大事のようだが」

バラバラと床に落ちるナイフを見てレイヴェンが言う。

「そう思うなら、なんとかしてちょうだい」

「御意《ぎょい》」

黒衣の騎士はかすかに頷《うなず》くと剣を抜いた。

暗闇を凝縮《ぎょうしゅく》したような漆黒《しっこく》の長剣だった。

剣を見た魔物ははっと目を見開いた。逃げようと、身体を引いたその瞬間に――。

闇色の軌跡《きせき》が走り、魔物はいともたやすく切断された。

魔物はふたつに分かれて床に落ち、ばたばたとのたくる。

「まさか……おまえ、放浪《ほうろう》の騎士が……」

レイヴェンは魔物の真上から無造作《むぞうさ》に剣をおろし、息の根を止めた。

長剣を鞘《さや》に戻し、レイヴェンは真夜をふり返って見つめた。

どうだ早いだろうと言われている気がして、真夜はぶつぶつと言った。

「……一人でもやれると思ったのよ。後かたづけで呼ぼうと思ったの」

「いや……その必要はない。奴《やつ》の空間はできがいい」

頭上をあおぐレイヴェンの言葉どおり、あれだけ本の散乱《さんらん》した床に、落ちている本は一冊もなかった。見ると書架《しょか》にも本がきれいに収まっている。

真夜はしばし立ちつくし、「そのようね」と認《みと》めた。

魔物の空間は通常のこちらの世界とは異《こと》なる。魔物の支配を受けた世界は、魔物の死とともに魔物の影響《えいきょう》をすべて無かったことにする。

こちらの世界なりの拒否《きょひ》反応でもあり、魔は実際にはこちらの世界を変革《へんかく》できないのだとレイヴェンは言う。彼らは自分の世界と近い空間にしなければ、存分《ぞんぶん》に力を使えないのだと。

現実に戻った図書館の一角は、室内の照明がすべて落とされ、どこかの非常灯のうすあかりだけがさす暗い部屋だった。真夜はかろうじて腕時計《うでどけい》の文字盤《ばん》を見とると声をあげた。

「たいへんこんな時間！　急いで戻らないとお祖母《ばあ》さまが心配するわ」

走りだそうとした真夜の手首をレイヴェンがとらえた。

「あちらの道を通ればいい。ルードに乗ればすぐだ」

真夜はもう一度腕時計に目を走らせ、ため息をついた。いつもの帰宅時間をすでに一時間もオーバーしている。

「仕方ないわね」

真夜がそう言ったとたんに、書架の角から漆黒の馬が現れた。最初に英国でレイヴェンに会ったときに乗っていたルードという名の馬だった。

レイヴェンは馬の背にひらりとまたがると、上から手をさしのべて真夜を軽々と鞍《くら》の前に引きあげた。

「嫌《きら》いなのよ……これ」

真夜がこぼす。

あちらの道、すなわち「混沌の夜」の中を通るときに、まるで高いところから落とされたかのように身体《からだ》が悲鳴をあげるのだ。

「血のざわめきがか？　いずれ慣《な》れる」

レイヴェンはこともなげに言い手綱《たづな》をとった。

馬が走りだし、図書館の大きな窓ガラスに突進《とっしん》する。

真夜は息を詰《つ》め、歯を食いしばってそれにそなえた。

馬は窓ガラスを突《つ》き破った。ただし、異なる空間を通って、通常の世界にはなんの変化も与《あた》えずに。

そのまま黒い馬は現実とあちら側の狭間《はざま》を縫《ぬ》って走った。

真夜は気づかなかった。

閉館した図書館の夜間返却口《へんきゃくぐち》に一人の少年が立ち、口をぽかんと開けてこちらを見ていたことに。

そして……。

――見ぃつけた――


真夜を見ていたのはもう一人いた。

闇の中で赤い唇《くちびる》が笑った。

＊＊

「ただいま帰りました、お祖母さま。遅《おそ》くなってごめんなさい」

真夜は如月《きさらぎ》家の玄関《げんかん》の引き戸を開けると大きな声で言った。

祖母の花江《はなえ》は今年六十五歳になり、少し耳が遠いのだ。

「あらあら、お帰りなさい真夜ちゃん。今日は遅かったのね」

土間玄関のたたきに脱《ぬ》いだ靴《くつ》をそろえていると、廊下《ろうか》の角から着物に割烹着《かっぽうぎ》をつけた花江がひょいと顔をのぞかせた。奥の台所で夕食をこしらえていたのだろう。白髪《しらが》交じりの髪を上品にまとめている、優《やさ》しい顔立ちの祖母だ。真夜は初めて見たときに、写真で見る母の面影《おもかげ》を見いだして胸をつまらせたものだ。花江の夫はすでに亡くなっており、真夜はその顔を写真でしか知らない。

「はい、図書館に……寄り道していたら遅くなりました」

「いいのよ。あら、お友だちがいっしょ？」

花江が真夜の背後を見て言う。真夜は思わず身を固《かた》くした。

「……いいえ。わたし一人ですよ、お祖母さま」

花江は目をぱちぱちとまばたきさせて、また笑《え》みを浮かべた。

「そうよねえ。真夜ちゃん一人よねえ。影《かげ》でも見間違《みまちが》えたのかしら。さ、もう寒くなったからうがいを忘れないでね。そのあとご飯にしましょ。真夜ちゃんの好きなオムライスの用意をしたのよ。あとはお煮染《にし》めね。マリアが手紙でね、真夜ちゃんの好物がオムライスだって教えてくれたから、いつも練習していたのよ。きっと気にいると思うわ。あの子に教えたのはわたしですものね」

にこにこと話す花江の言葉を真夜は大人《おとな》しく聞いていた。

ここへ来て半年間でもう二十回は聞かされている話だが、真夜はできるだけ今初めて聞くような顔で頷《うなず》き感心をする。たった一人生き残った肉親なのだ。繰《く》り言《ごと》ぐらいなんだというのだ。

それに花江には元々《もともと》、かなり進行した痴呆《ちほう》の症状《しょうじょう》があった。それが奇跡《きせき》的に回復したのだから、多少の物忘れは大目に見て、当人を不安がらせるようなことは言わないようにと、花江を診察《しんさつ》していた医者からも言われている。

奇跡的な回復……。

医者でさえもそう言わざるを得ない状況《じょうきょう》だったと、真夜は自分を呼び寄せる手続きをしてくれた弁護士から説明をうけていた。花江は今から半年前のある日の朝、突然《とつぜん》、

「孫娘《まごむすめ》の保護者が亡《な》くなったと、先日知らせが来たわ。私が守ってあげなくちゃ……。ですから今日でここから出ていきますね。それと弁護士さんを呼んでちょうだい」

入居していた特別介護《かいご》の老人ホームの介添人《かいぞえにん》にきっぱりと言ったのだという。

それまで、ともすれば自分の年さえもあやふやになる状態だったので、ホームの管理責任者やかかりつけの医師らは目を白黒させる大騒《おおさわ》ぎとなったのだ。

弁護士から一連《いちれん》の話を聞き、真夜は『奇跡的な回復』について思い当たるフシがあった。自分を守ると言った騎士《きし》に尋《たず》ねると、彼はあっさりと魔の力を使ったと言った。

真夜があの丘《おか》の上で言った言葉。

——わたしを助けて。この狂気《きょうき》の世界から、連れ去って……。

そのとおりに実行したのだ。すなわち、真夜を忌《い》み嫌《きら》うイギリスの親戚《しんせき》の中から助け出し、真夜を心から愛する日本の祖母花江のもとへ連れてきたのだ。レイヴェンにとっては重要なのは結果であって、その過程《かてい》にどんなことが起きようとも大して違いはないらしかった。

「はい、お祖母さま。オムライスは大好きです。手を洗って着替《きが》えて、すぐに行きますね」

祖母に答えてから真夜は洗面所に入った。

この家は典型的な日本家屋《かおく》だったが、水回りなどは三年ほど前に手を入れて、使い勝手の良い洋式に変えてあった。

手を洗ってからふと鏡を見ると後ろにレイヴェンが写っていた。腕組《うでぐ》みをして壁《かべ》によりかかっている姿は、見守るという言葉にはそぐわない尊大《そんだい》さだ。

「お祖母さま、またあなたのこと、分かったみたいよ。気を抜いていたでしょ」

咎《とが》めるのではなく単に事実として言う。

「真夜の血筋ならば、勘《かん》が鋭《するど》くて当然だ」

「そういう血は、父方の血統《けっとう》だって説明されたけど?」

「より強い、と説明したはずだ」

「…………」

いつもの押し問答《もんどう》に真夜はコッソリとため息をつく。

この男はどんなときもこんな調子だ。食ってかかっても仕方ない。言葉遣《ことばづか》いが変わるとともに、性格も少々変化したようだ。

初めて丘の上で会ったときには、仰々《ぎょうぎょう》しい言葉遣いとそれに見合う誠実さで真夜に接してきていた。少なくともそう思えた。しかし言い回しが実に古めかしく、真夜はもう少し現代風に話せないかと頼《たの》んだ。レイヴェンは「御意《ぎょい》」と頷《うなず》くと、一晩明けた朝にはもう今のような話し方になっていた。深夜の街で学習をしてきたのだと彼は言った。古めかしい過去の騎士が現代の不良になった気がして、それはそれでどうなのかと真夜はそのときもため息をついたものだ。

不毛《ふもう》な問答を止《や》めて真夜はもっと気にかかっていることを聞いた。

「さっきからイーサンの声が聞こえないわ。今、どうしているの？」

真夜は自分の周りを見回して言った。見えないと分かっているのに心情《しんじょう》としてそうしてしまうのだ。

「疲《つか》れて、休んでいる。魔物《まもの》の罠《わな》から真夜の意識を呼び戻したからだ。そのうえ俺を呼びに来た」

真夜は眉《まゆ》をひそめた。「どういうこと？」

「本来俺とつながっているのは、契約《けいやく》を結んだ真夜本人だけだ。その取り決めを越《こ》えて俺に呼びかけたのだから、消耗《しょうもう》をするのは当然だ。たとえ真夜の守護霊であろうとな」

真夜はレイヴェンをふり返って見つめた。その頬《ほお》にレイヴェンは手を伸《の》ばす。

「それが嫌《いや》なら、自分で俺を喚《よ》ぶことだ」

真夜の顔を両手で挟《はさ》み、レイヴェンは子供に言い聞かせるようにして真夜の目からも姿を消した。

洗面所を出ると、真夜は廊下を歩いて家の奥にある自分の部屋に入った。和室の六畳間《じょうま》だが、祖母が真夜のためにカーペットを敷《し》いてくれた部屋だ。着替えを済《す》ませる前に習慣で写真の中の母に「ただいま」と言う。

机の上にはずらりと写真立てが並べられていた。一番新しいのはイーサンと十四歳のクリスマスの時に撮《と》った写真。その横には母とイーサンと写った写真。五歳の誕生日に撮ったものだ。さらに横には家族全員の写真。生まれたばかりの真夜と双子《ふたご》の姉。二人の赤ん坊を抱《だ》く若い父と母。そして祖母の花江。真夜の母親は出産を挟《はさ》んで一年近く、日本の実家へ里帰りしていたのだ。

写真を見つめているうちに真夜の瞳が和《なご》んできた。こうして並べてみると父のサイモンとイーサンはやはり似ていると思った。イーサンの方が線が細いけれど全体の雰囲気《ふんいき》が良く似ている。もっともリッジ家を知る年取った人々に言わせると、イーサンはサイモンに似ているというより、二人の父親の若い頃《ころ》にそっくりだという。ナイトの称号《しょうごう》を持った真夜の祖父ハワードにだ。

しかしイーサンはそう言われるたびに嫌悪《けんお》をあらわにした。よほど仲が悪かったのだろう。イーサンの持つアルバムのなかにもハワードの姿はなかった。家族の集合写真でさえも、その部分だけが切り取られていたのだ。

「……また、あなたに助けられたわ、イーサン。わたし、いつも迷惑《めいわく》かけてばっかりね」

写真に向かってポツリと話しかける。

死んでからも自分を守ってくれる優《やさ》しい叔父《おじ》に。

イーサンの魂は俗《ぞく》に言う天国へと昇《のぼ》ることはなかった。死んでもなお、真夜のそばに留《とど》まっていたのだ。

それを知ったのは、やはりあの丘の上でだった。

真夜と契約を結んだレイヴェンは、真夜に様々《さまざま》な力を与えた。——もともとある素質《そしつ》を目覚めさせたのだと言った。

暗闇《くらやみ》で物の見える力。人に感じられぬ魔を見る力。魔を撃退《げきたい》する力。他《ほか》にも様々な力が与えられたが、その中には死んだ人間の魂と話をする力もあった。

そして聞いたのだ。イーサンの声を。

そこで真夜は心臓が停止し身体《からだ》という殻《から》を脱《ぬ》ぎ捨てた彼が、その後もずっと自分のかたわらに留まり、見守っていたのだと知った。

当然最初は当惑《とうわく》し、イーサンを拒《こば》んだ。

死んだ人は安らかに眠るべきだと思った。それこそが死者の幸福であると教えられていた。

けれど――イーサンは生きているときとまったく変わらず優しく笑った。

真夜を見守りたいから残ったのだと。兄や義姉《あね》の分も見守ると約束した。それを果たさせて欲しいのだと。

傍《はた》から見ればまるで独り言を言う形で何時間も話し合いが行われ――結局は真夜が折れた。

たとえ姿は見えずとも、イーサンが自分を見守ってくれているのは嬉《うれ》しかった。

もっとも、とどめの後押《あとお》しをしたのはレイヴェンだ。

イーサンの魂が真夜のそばを追い払われた場合、行く場所が無くてそのまま悪霊《あくりょう》になるか、魔物の餌食《えじき》になると告げたのだ。

最初から真夜に選択《せんたく》の余地《よち》はなかったのかもしれない。

イーサンの声が聞こえるようになって、真夜は何度かレイヴェンにこぼした。

「声だけじゃなく、姿も見えるようにはならないの？」と。

レイヴェンの答えは決まって「波長《はちょう》が合わなければ諦《あきら》めるしかない」だった。そういう本人はしっかりとイーサンの姿が見えるというのだから、理不尽《りふじん》すぎると真夜は思っていた。それでも、真夜が尋《たず》ねればイーサンの様子を細《こま》かく教えてくれるので、しつこく文句を言うのはやめておいた。

一方レイヴェンの方はそんな真夜を面白《おもしろ》がっているようだった。

「死んだ人間の様子は変わらない。髪も伸びなければ老《お》いもしない。なぜ何度も尋ねる？」

真夜はこう答えた。

「人を形作っているものは、髪の毛や老いだけじゃないわ。イーサンの魂は笑ったり悲しんだり嬉しがったりするの。声を聞いていれば分かるもの。わたしはそれが知りたいのよ」

するとレイヴェンはしばらく真夜を見つめたのちに言った。

「なるほど。魂と肉体を持つ真夜はなぜか笑わないがな」

真夜はレイヴェンの当てこすりにジロリと睨《にら》むだけですませた。本心は、少なからずショックを受けたのだが。

騎士《きし》だとか、何者からも守るとか言いながら、レイヴェンは真夜に対してときおりこんな皮肉を言う。それでも、真夜はイーサンとレイヴェンとの奇妙《きみょう》な共同生活を受け入れていた。

真夜がどれほど望まないにもかかわらず、魔物たちは真夜を見つけると魂を求めて乱暴《らんぼう》な方法に出ていた。その理由をレイヴェンはこう説明した。

魂の契約を結んだ人間が死んだあと、魔物はその人間の魂の中に宿った力を手に入れるのだと。その代償《だいしょう》に、人間には現世《げんせ》での望むかぎりの力を与えるという。

「それが魔物の常套句《じょうとうく》だ。真夜には大いなる力が備《そな》わっている。真夜の死後、その魂を手に入れれば、どれほど下級の魔物でも混沌《こんとん》の夜の世界で絶大《ぜつだい》なる力を持つことになる。だから俺と一度契約を交わしたからと知っても、やつらは諦《あきら》めない。甘言《かんげん》には惑《まど》わされるな」

同じ魔物同士だというのに、レイヴェンは容赦《ようしゃ》なく他の魔物たちを斬《き》り捨てた。ライバルと言えばライバルなので仕方ないのだろう……。

「真夜ちゃーん。できましたよー。来てちょうだい」

祖母の花江の声に真夜ははっと我《われ》にかえり、部屋の電気を消して急いで台所へむかった。割烹着《かっぽうぎ》を外した花江と台所の小さなテーブルで向かい合わせで食事をする。

花江は真夜に学校でのことを聞いてくる。あまり話すことはないのだが、それでも花江はにこにこと笑って聞いてくれる。真夜の話が終わったら、今度は花江が話をはじめる。家の中も落ちついてきたし、そろそろ着付《きつ》け教室を再開しようかしらね。お昼に買い物に行ったら、昔教えていた生徒さんに会ってね……。真夜は頷《うなず》いて賛成《さんせい》する。花江は、そのうち浴衣《ゆかた》だけでなく、ちゃんとしたお着物を作りましょうねと、楽しそうに言う。

たわいもない話。けれど真夜がもっとも欲《ほっ》しているもの。

花江は、それを見越《みこ》して話してくれているようだった。


その頃。

レイヴェンは真っ暗になった真夜の部屋にいた。

いや……。真夜の部屋のようでいてどこか歪《ゆが》んだ……混沌の夜の世界が重ねられた空間だ。

そこで彼はぐったりと椅子《いす》にもたれかかる男に話しかけていた。

「自分が不安定な存在でいるのを忘れるな。無茶はきかないぞ」

「分かってるんだけどね……。きみにも迷惑をかける」

「——イーサン・リッジ。白紙のカード占い師《うらなし》」

呼びかけに弱々しく笑う笑顔は、真夜の机の写真立ての中で見せた笑顔と同じだった。ここにいるのは、死してなお守護霊《しゅごれい》となって真夜を見守るイーサンだった。

「お前が元気でいないと真夜が気に病《や》む」

レイヴェンは腰の剣を気持ち引き上げると、その刃《は》で自分の指先を切った。

人と同じ赤い血が傷口に珠《たま》となって浮かぶ。

それを確認《かくにん》して——レイヴェンは無言で指先をイーサンの口元へ押しつけた。

第二章　左手の包帯

深夜――――。

如月《きさらぎ》家の庭では、ときおりリリリと思い出したように虫の音が聞こえていた。

家のどの窓にも灯《あか》りはない。家人《かじん》のすべてが寝静《ねしず》まっている。

その闇《やみ》の中で。

ひっそりと囁《ささや》かれる夢があった。

＊＊＊

……隣《となり》には、いつも分身《ぶんしん》がいた。

気分の良いときも悪いときも。お腹《なか》のすいたときもいっぱいのときも。

眠るときも同じ早さの呼吸を聞いていた。優しく心地《ここち》よい声の呼びかけとともに、子守歌《こもりうた》のように聞いて眠った。同じように隣の分身の立てる騒音《そうおん》のせいで目の覚めることも多かった。

もっともそれすらも甘美《かんび》な夢の日々だった。

変化は、突然《とつぜん》やってきた。

眠りから覚めたとき、そこに耳に馴染《なじ》んだ柔《やわ》らかな優しい声はなかった。代わりにあったのは低く唸《うな》るような重苦しい声と、嗅《か》いだことのない奇妙な匂《にお》い。

胸が苦しくなってきた。肌《はだ》がチリチリとした。

ふと隣を見ると、もう一人の自分は目をいっぱいに開いて身体を硬《かた》くしていた。言いようのない不安が襲《おそ》ってくる。分かる。何か良くないことが起きるのが。

息を詰《つ》める。目を見開いて待つ。

これから何が行われるのか。

すでに知っていたけれど――――。

＊　＊　＊

真夜《まや》は苦しそうに寝返りを打った。

額《ひたい》には薄《うす》く汗《あせ》をかいている。嫌《いや》な夢を見ているのだ。

その真夜にぴったりと添《そ》い寝をする薄い影《かげ》があった。まろやかな曲線を描《えが》く影は女のものだ。

だがその身体《からだ》は煙《けむり》のような影のみで作られている。

と、その影が動いて身体を起こし、じっと真夜を見おろした。

煙の女が、真夜の柔《やわ》らかな唇《くちびる》に目を細め、舌《した》なめずりするのがハッキリと分かった。女は声なく笑うと、真夜の上におおいかぶさるように身を沈《しず》めた。

「そこまでにしてもらおうか」

「――――ひいッ」

今まさに真夜に触《ふ》れようとした女の喉《のど》が、大きくのけぞった。

煙のような髪を掴《つか》み、乱暴に引き上げているのはレイヴェンだった。

その半身は暗い影にすっかり溶《と》けこんでいる。

「女夢魔《おんなむま》か……。真夜はおまえのようなものには用はない」

のけぞる女の顔を上から見おろしレイヴェンが冷《ひ》ややかに言う。だが女は苦しい体勢《たいせい》なぞ気にもとめずえん然と微笑《ほほえ》んだ。

「あら……何かいると思ったら」

女の煙の身体が不意《ふい》に厚みを帯《お》びた。重く豊かな胸に細い腰。艶《つや》やかな黒髪に縁取《ふちど》られた猫《ねこ》を思わせる女の顔立ちがはっきりと現れた。

開いた唇は赤く艶々《つやつや》と濡《ぬ》れている。狙《ねら》った獲物《えもの》を一瞬で虜《とりこ》にするために。

「――あなただったの。こんなところで上級の魔物にお会いするとはね」

鼻にかかる媚《こ》びた声が言う。

レイヴェンは微《かす》かに目を細めた。

「何をしていた。答えろ」

「あん……痛いわ。そんな乱暴に引っ張らないで」

女夢魔が抗議《こうぎ》の声をあげた。すると、真夜が「うん……」と寝返りを打った。

レイヴェンはとっさに女夢魔の口を手でふさぐと、真夜から隠《かく》すように自分の腕《うで》の中に引き寄せた。

同時に、真夜の枕元《まくらもと》にぼんやりと人影が現れた。イーサンだった。

「大丈夫《だいじょうぶ》だよ、真夜……。もう何も怖《こわ》いことはない。ゆっくりおやすみ」

イーサンがささやくと、真夜の苦しげな顔がしだいにほどけていった。

真夜の髪を撫《な》でながら、イーサンはレイヴェンに頷く。

レイヴェンも微《かす》かに頷き返すと腕の中の女夢魔を連れて、闇の中に姿を消した。

真夜の部屋と重なり合った自分の境界内に戻ると、レイヴェンは女夢魔を乱暴に解放した。

女はそのまま床《ゆか》に転がり、大げさに悲鳴をあげる。

「もう少し、優《やさ》しく扱《あつか》ってもいいんじゃない？」

「何をしていた？」

女の言葉には注意を払《はら》わず、レイヴェンはもう一度同じことを聞いた。

倒《たお》れた身体を上半身だけ起こし、女夢魔は顔にかかった髪の間からレイヴェンを挑発的《ちょうはつ》に見あげた。

「もちろん夢を見せていたのよ……甘美なる海に溺《おぼ》れる夢……。あなたも見たい？」

女夢魔はレイヴェンにすり寄ると、女らしい肢体《したい》を押しつけて彼の脚《あし》に手を這《は》わせた。

「あなたのこと知っているわよ。放浪《ほうろう》の騎士《きし》さん。混沌《こんとん》の夜の世界で、多くの魔物に怖《おそ》られた不屈《ふくつ》の騎士……」

「真夜に、何を見せた？」

「ねぇ……あの娘《むすめ》がお気に入りなら、ちょっと惜《お》しいけど譲《ゆず》るわ。だから純粋《じゅんすい》に楽しみましょうよ……。わたしとどんなことができるか、試《ため》してみたくない……？　そこのおかしな幽霊《ゆうれい》さんも一緒《いっしょ》に……」

女夢魔はレイヴェンの脚にすがるように手を回して、同じ空間にやってきたイーサンを見つめた。赤い舌をわざとのぞかせ、自分の唇をゆっくりと舐《な》めてみせる。

レイヴェンは女夢魔の腕を取ると再び引き寄せた。広い胸にすっぽりと収まると、女夢魔は蠱惑的《こわく》に微笑《ほほえ》んだ。レイヴェンは豊かな黒髪を縫《ぬ》って女の後頭部を手で支えて顔をさらに上向かせた。

「あぁ——————」

女夢魔のあげた嬌声《きょうせい》は、途中《とちゅう》で凍《こお》りついた。

レイヴェンが目にも留《と》まらぬ早業《はやわざ》で剣を抜き、女の首に押し当てていたのだ。

「答えないなら、用はない……」

「分かったわ言うわよ。もぅ乱暴ね。わたしとの快楽《かいらく》の夢を見せて、麻薬《まやく》のように離れられなくなったら、契約《けいやく》を結ぼうとしたのよ……。流血も無理やりもわたしの主義じゃないわ」

「女夢魔が同性の人間のもとに来るなんて、聞いたことがないな」

イーサンが言った。レイヴェンはどう答えるとばかりに女夢魔を見る。だが彼女は余裕《よゆう》の笑みを見せた。

「最近は人間もいろいろと好みが細分化《さいぶんか》されているでしょ。女には男夢魔、男には女夢魔とは限らないのよ……。とくに」

女夢魔はレイヴェンとイーサンを見た。

「若い娘の中には男を怖がる子もいるの。女夢魔の方が安心して甘美な夢を見てもらえるのよ……。お分かり？　無粋《ぶすい》な腕白《わんぱく》ちゃん」

「なるほど……それだけ聞ければ充分《じゅうぶん》だ」

レイヴェンは無慈悲《むじひ》にも剣に力を込《こ》めた。

「何するのっ、約束がっ……きゃああああ――――」

悲鳴をあげた女夢魔の足元にこぼれたのは、血ではなく長い黒髪だった。

「酷《ひど》い、なんてことするのよ、この冷血野郎《れいけつやろう》！　夢魔の魔力は髪に宿ってるのよ！」

「無論《むろん》知っている。二度と近寄るな。次は首を落とすぞ」

レイヴェンは顎《あご》でしゃくって出て行けと告げた。

「このわたしの誘《さそ》いを袖《そで》にして。馬鹿《ばか》！　腐《くさ》れ野郎！　役立たず！」

女夢魔はその他、下品極《きわ》まりない罵倒《ばとう》を口にしながら、レイヴェンの境界内から逃げ去っていった。それを見送りながらイーサンが言った。

「スクブスまで真夜に目をつけるとはね。やつらにとって真夜はよほど魅力《みりょく》的に映《うつ》るらしい」

「ああ。そうだろうな」

「……きみのこと、知っていたみたいだね。知り合い？」

「いや。面識《めんしき》はない」

「ふうん。一方的な知り合いか。向こうじゃきみも有名人ってわけだ」

「――十五年は、混沌の夜の中でも、一瞬で過ぎ去る時ではなかった」

イーサンの軽口に対し、不釣《ふつ》り合いなほど重くレイヴェンは答えた。

レイヴェンのもとから逃げてきた女夢魔は、重なり合った異界の道を通り、痕跡《こんせき》を消しながらこちら側に用意した拠点《きょてん》へと戻った。

そこは大きな川沿いに建つさびれた倉庫《そうこ》街《がい》の中だった。

もう何ヶ月も人の出入りのない、錆《さ》びた扉《とびら》を開けて中へ入る。

同時に、混沌の夜の領域に包まれる。女夢魔のものではない、別の――もっと強い力を持つ者の混沌たる空間に。

その内側は何もかもが違っていた。レイヴェンのように黒一色の殺風景《さっぷうけい》な世界ではない。図書館に現れた魔物のように、下地人の世界の空間を模《も》しているのでもない。全く別の光景が広がっていた。

そこは、どこかのクラシカルな屋敷《やしき》を模倣《もほう》した空間だった。来訪者が足を踏《ふ》み入れる場所には丁寧《ていねい》にも広い玄関《げんかん》ホールが用意されていた。床はうす灰色の大理石で占《し》められ、ロココ調の家具が並び、窓にはドレープのついた豪華《ごうか》なゴブラン織《お》りのカーテンが下がっている。大階段の登り口の脇《わき》には、中世の騎士の甲冑《かっちゅう》が置かれていた。

女夢魔はそれらにはもう慣れているのか目もくれずに、二歩だけ歩いて別の部屋へ入った。

この辺のいい加減《かげん》さが混沌たる世界の便利なところだ。

――次の部屋の中は、まさに混沌としていた。小さな子供の遊ぶぬいぐるみやおもちゃが、けっして狭《せま》くはない部屋の一角を大きく陣取《じんど》っていた。カラフルな積み木たち。小さな木馬。つぶらな瞳《ひとみ》のテディベアなどなど。かと思えば反対の隅《すみ》には扉を開けて、色とりどりのドレスを覗《のぞ》かせるクローゼットが壁《かべ》一面を占《し》め、その前にはたくさんの帽子《ぼうし》ケースや靴箱《くつばこ》が積み上げられていた。優美な猫足《ねこあし》を持つチェストの中には、フリルやレェスをふんだんに使った下着や靴下、手袋《てぶくろ》などがたくさんつまっているのを女夢魔は知っていた。

部屋の中央には繊細《せんさい》な寄《よ》せ木細工《ぎ》をほどこした豪奢《ごうしゃ》なテーブルがあり、木目《もくめ》の中に微妙《びみょう》な色合いの木片をはめ込んで作った薔薇《ばら》の花を咲《さ》かせていた。テーブルの端《はし》には鳥かごが置かれているが、中には鳥ではなく、ふしぎな七色に輝く水晶柱《すいしょうちゅう》が入っていた。まん中には、イギリス式の由緒《ゆいしょ》正しいアフタヌーンティーの用意がある。サンドイッチとスコーンとケーキとお茶だ。スコーンにはたっぷりのクリームとジャムが添《そ》えられている。お茶は当然ミルクを入れた濃《こ》い紅茶だ。

そしてもちろん、この部屋の――この空間の主《あるじ》はそこにいた。

「お帰りなさいバービーちゃん」

上品な花柄《はながら》のついたティーカップをテーブルに置き、にっこりと微笑《ほほえ》んだのは、女夢魔とは対照的な清《きよ》らかな美少女だった。肌《はだ》は透《す》きとおるように白く、頬《ほお》は薔薇色をしていた。勝ち気そうな弓形《ゆみがた》の眉《まゆ》の下には濃いエメラルドの瞳があり、長いまつげが影《かげ》を落としていた。髪の色は明るい金色で、きれいな縦巻きにして頭の左右から垂《た》らしている。その頭にはドレスとおそろいの赤いヘッドドレスがつけられていた。服装は古めかしいデザインだが、ふんだんに取り付けられたレェスとリボンが愛らしさを強調していた。

「……あらあ、その髪の毛どうしたの？」

ドレスの美少女が女夢魔の姿に気づいて顔を曇《くも》らせた。

バービーと呼ばれた女夢魔はその場にひざまずくと、手を胸の前で組んでせつせつと訴《うった》えだした。

「あぁんマーサ様ぁ。酷《ひど》いんですのよ、獲物《えもの》にはあの放浪の騎士がついていて、彼ったらいきなり、わたしの髪をつかんでばっさり切るんですもの……」

鼻にかかった甘えた声で言う。

「だめねぇ、バービーちゃん。見つかっちゃったのね？」

金髪《きんぱつ》の美少女は女夢魔の頬に優《やさ》しく手を添《そ》えた。女夢魔は「あぁ」と吐息《といき》をもらし、自《みずか》ら頬を主の手にすりつけた。

「……まさかと思うけど……失敗したの？」

少女の声には変わりはなかった。顔つきもさらに優しげに見えた。しかし、女夢魔の恍惚《こうこつ》とした表情は凍《こお》りついた。

「い、いいえ……そちらは、ご命令通りに……」

少女の細い手は震《ふる》える女夢魔の頰から顎《あご》へと位置を移した。

「託《たく》された、ゆ、夢の種《たね》を植えつけて参りました」

「では、最初の糸口《いとぐち》を……見せたのね？」

「はい……途中《とちゆう》まで夢を追いました。確かに夢を見ていました……あの夜の、あの……」

女夢魔の言葉が途中で止まった。少女が指先で唇《くちびる》を押さえて封《ふう》じたのだ。

「それが聞ければいいの。ご苦労様。後でご褒美《ほうび》あげるわね」

少女は女夢魔の両頰に軽くキスをして部屋から下がらせた。

「夢の種は……開花《かいか》にしばらく時間が必要ね」

スコーンをつまみ、たっぷりとクリームを付けてから少女は口に運んだ。

「それまで、どうやって遊ぼうかしら……。ねぇ、まぁやぁ」

指についたクリームにぺろりと舌をはわせ、少女は楽しそうに笑った。

＊　＊

いくつかのできごとが起きた次の日の朝――――。

「あーコホン。ねえきみ、如月真夜さん……だよね」

翌日、真夜は学校で珍《めずら》しいできごとに遭遇《そうぐう》した。登校して教室に入る前の廊下《ろうか》で、声をかけられたのだ。違うクラスの男子生徒に。

真夜が驚《おどろ》いて相手の顔をじっと見ると、眼鏡《めがね》をかけた少年はなにやら慌《あわ》てたようだった。

「いきなり話しかけてごめん。怖がらせちゃったかな」

少年が言った。眼鏡をかけて、少しそばかすが浮《う》いていて、色白でひょろっとしていて、ふわふわのくせっ毛の持ち主で、テディベアカットにしたプードルにもっとも印象の似ている男の子が、よりにもよって怖がらせたかなと聞いてきたのだ。

イーサンと暮らしていたころの真夜だったら、にっこりと微笑んでいたことだろう。しかし今の真夜はただ静かに首を振《ふ》って聞いただけだった。

「どなたかしら？」

「あ――やっぱ僕のこと知らないか。ちえっ。コレでも結構《けっこう》有名人だと思ったのにな」

大げさに天井《てんじょう》を仰《あお》ぎ、ちえっと頭を掻《か》いてから少年は答えた。

「折束《おりづか》ミナト。個人発行『オリヅカ新聞』の折束ミナトね。…………って、僕の新聞くらい見たことあるよね？　もしくは携帯《けいたい》のメルマガとか……」

真夜はしばし小首をかしげて考えて、またもやいいえと首を振った。

ミナトはがっくりと肩《かた》を落とした。

「ちょっとは予想していたけど、やっぱりぃ。……まぁ、紙媒体《かみばいたい》だと発行部数限られるし、きみ見るからに携帯持ってなさそうだし……しょうがないかぁ。ところでさ」

ミナトはなにか周りをきょろきょろして、真夜の方へ身をかがめると口の前に手をかざし、ひそひそと言った。

「きみ昨日、区立中央図書館にいたよね——。僕ね、見ちゃったんだ。昨日君が……黒い格好《かっこう》の男の人と一緒《いっしょ》に黒い馬に乗って、図書館から出てくるところを」

真夜は大きく目を見開いた。

手応《てごた》えのある反応にミナトはやったとばかりに笑う。だが——。

「なんのことかしら。知らないわ」

そっけなく言うと真夜はミナトをあっさりと無視して教室へと入った。

「ええっ。待ってよ、ねえ——？」

追いかけようとしたミナトは廊下の角を曲がってくる教師に気づいた。自分のクラスの担任《たんにん》だ。

「如月さーん、またあとで来るねー」

戸口から大声で真夜に呼びかけ、ミナトは自分の教室へと走っていった。

一方教室に残された真夜は、皆《みな》の好奇《こうき》の視線にさらされていた。遠巻きにしてヒソヒソ話す声が否応《いやおう》なしに聞こえてくる。

――なになに今の。折束ミナトと知り合いなわけ？　あの人。

――でもなんか一方的っぽく見えたけど。

――あぁ、分かった。折束ミナトの、次のネタじゃないの？

――えーっ。いくら折束でもあれはヤバイっしょ。……手首の包帯とかさあ。

――いやーさすがにそれツッコンで聞かないだろ。普通《ふつう》に身の上調査じゃない？

――確かに目立つ美人さんだもんねぇ。

――いくらキレイでも、オレはパス。暗いし、あの包帯どう見たって……。

――家族って全員死んでるんでしょ。一人生き残ったらやっぱおかしくなるんと違う？

真夜は一瞬自分の左手を庇《かば》うように撫《な》でたが、席に着くとかれらの声は聞こえないふりで、つとめて平然《へいぜん》と本を読みだした。

その動作のなかで伸《の》ばした左手の袖口《そでぐち》から白い包帯がのぞいた。が、真夜はそこから無理やり視線を離した。

真夜の左手の手首には、レイヴェンと契約《けいやく》をした瞬間から浮き上がった『薔薇の紋様《もんよう》』が刻《きざ》まれていた。

真夜が死ぬかレイヴェンが滅《ほろ》びるまでは、決して消えない刻印《こくいん》だと言われた。

それを隠《かく》すために真夜は包帯を巻いた。ちょうど左手の手首の位置に巻かれた包帯が、人にどんな風に思われるのか知りつつも、真夜は気にせずにいた。

どのみち、彼らの憶測《おくそく》はそう間違ってもいないのだ。ただ、あの葬儀《そうぎ》の時とそっくり同じだと思うのは、当人《とうにん》に何も確かめず、自分たちの思いたいように真実を歪《ゆが》めるところだ。放《ほう》っておけばいい。自分から真実を言う気にもなれない。……どうせ言っても信じてもらえない。

それよりも、折束ミナトと名乗った少年の方が心配だった。かれははっきり、レイヴェンと黒い馬を見たと言ったのだ。しかも図書館から出てくるところを。

普通の人の目には、レイヴェンやましてやかれの馬が見えるはずもなかった。真夜の祖母にしても気配を感じる程度だ。

「こんなことって、あるのかしら……イーサン」

ページを繰《く》る音にまぎらわせて真夜はつぶやいた。ややあって、もう一度ささやく。

「そうね。知らないふりをするしかないわね」

丁度《ちょうど》その時真夜の横を通りすぎた生徒は、独り言を言う真夜にぎょっとしてふり返った。が、なにごともなかったように本を読む真夜の冷《さ》めた横顔に、生徒は何か言うまでもなく歩き去った。真夜の独り言のクセは、同級生の間ではいまさら驚くことではなかったのだ。

また後でねと言った折束ミナトが次に来たのは、三時間目の終わった休み時間だった。教室に躊躇《ちゅうちょ》なく入りこみ、真夜の机の横に立つと、にこにこと話しかけてきたのだ。

「さっきは驚かせてごめん。これね、この前僕の出した新聞。参考のために見てみて」

いつも以上の冷たい顔で本を読んでいた真夜だったが、差し出された紙には思わず目がとまった。

パソコンで作ったのだろう、市販《しはん》の新聞のような見出し――「噂《うわさ》に突撃《とつげき》・礼拝堂の幽霊《ゆうれい》絵《え》」とか「連載《れんさい》・人物図鑑《ずかん》。花岡《はなおか》理事長その八」などの文字が読みやすく並んでいる。そのうえご丁寧《ていねい》にも横の方に下手《へた》くそな絵で四コマ漫画《まんが》まで描《か》かれていた。

「ね、怪《あや》しい人物じゃないだろ？」

得意《とくい》そうなミナトを、真夜はつい、まじまじと見てしまった。

「でさ、休み時間つかって色々聞いてきたんだけど、如月さんて六月に編入してきたんだってね。うちの帰国子女の特別枠《わく》とか使わないでって。すごいんだねえ。イギリスでも日本語使っていたの？」

真夜はまばたきをした。もう一つの母国だからと、幼い頃の真夜に母親が教えてくれていた。日本語の歌も少しだけ覚えている。けれど、いま真夜が不自由なく日本語を操《あやつ》るのはそのせいではなかった。

「………ええ。少し」

真夜は当たり障《さわ》りなく答えた。そのとき、興味津々《きょうみしんしん》で見守っていた同級生たちが、感心したようにどよめいたのだが、ミナトも真夜も少しも気づかなかった。

「ねえ如月さんてさ、髪は黒いのに目は緑だよね。お父さんがイギリス人って聞いたけど、お母さんは日本人……？」

「……母の父もイギリス人だったの」

ミナトはワオと歓声《かんせい》をあげた。と、同時に短い休み時間の終了《しゅうりょう》を知らせるベルが鳴る。

「じゃあ如月さん、クウォーターなんだ！　イギリスの話とか教えて欲しいな。お昼一緒に食堂で食べようよ。迎《むか》えに来るからさ。じゃあね、きっとだよ」

早口でそう言うと、机の間を走ってミナトは教室から出ていった。真夜の断《ことわ》りの言葉を聞く前に、都合《つごう》良く。

あっけに取られた真夜が、再び本へ目を戻《もど》すと、隣《となり》の席に座る女子がためらいがちに聞いてきた。

「あのさ……お昼、いくの如月さん？」

隣の席だからと真夜にごくたまに話しかけてくる吉村里香《よしむらりか》だった。真夜は彼女の顔を見て静かに首を横にふった。

「いいえ。行かないわ」

午前中の授業が終わると真夜はすぐさま席を立って出ていった。もちろんミナトを避《さ》けるためにだ。

けれど――真夜は折束ミナトを見くびっていた。

「どうしたの？　焼きそばパンお薦《すす》めなんだけど……やっぱ口に合わないかなあ？」

昼休み、真夜は結局ミナトとベンチに座って昼食を食べ、こんなことを聞かれていたのだった。

午前の授業の終了後、教室を走り出たまではよかった。普段は一階の食堂で一人でお昼を食べる真夜だったが、今日はその隣の売店でパンを買って、どこか人目《ひとめ》につかないところで済ませようと計画した。しかし、いざ売店の前にいってみると、早い時間にもかかわらず、いつもの倍以上の混み具合だったのだ。しかもきちんとした列もなく、みんな無理やり人だかりに突《つ》っ込んでいき、力ずくで買い物をしているような状態だった。真夜はあとで知ったのだが、よりにもよってこの日から食堂が改装工事に入り、席も食事のメニューも半分になってしまったのが原因だった。

生徒たちの勢いに真夜ははなから負けていて、近づくことさえできずどうしようと思っていたところをミナトに見つかってしまったのだ。

「待ってて言ったのになあ〜」

と、あまり問いつめる風《ふう》もなく言った後で真夜の苦境《くきょう》を見て取り、

「何買うの？ 買ってきてあげるよ。僕はここの焼きそばパン好きなんだけど、如月さんは？」

「……卵とチキンのサンドイッチ……」

「わかった。待ってて」

最低限のやり取りをかわしてミナトは混み合う生徒たちの中に入っていき、あっという間にパンを抱《かか》えて戻ってきたのだ。そして、食堂も座る場所がないよと真夜を連れ——当人の意思を確認しないまま——この中庭のベンチへと案内して今にいたるのだった。

「別に、まずいわけじゃないわ……」

ミナトのおごりだという焼きそばパンを、真夜はまた慎《つつ》ましく一口かじった。

「ひょっとして、焼きそば食べたことない？」

真夜はいいえと首をふり、パンをのみこんだ後に、祖母につくってもらったからと言った。

ついでに言えば真夜は焼きそばは美味《おい》しいと思っていた。イギリスでも日本のヌードル——そばやうどん——はたまに食べていた。ただ、こんなふうにパンに挟《はさ》んで食べるのが初めてなだけだ。ホットドッグと似たようなものなのだろう……。

「ところでさ如月さん。その包帯ってどうしたの？　なんか怪我《けが》したの？」

考え事をしていた真夜は、不思議そうな顔でまじめに尋《たず》ねるミナトがなんのことを言っているのか、一瞬《いっしゅん》理解できなかった。「だいじょうぶ？　痛くない？」改《あらた》めて聞かれて、真夜は内心苦笑《くしょう》した。どうやらこの包帯についての噂《うわさ》は聞きそびれたようだ。

「違うわ。……痣《あざ》があるの」

真夜は一番真実に近い答えを言った。別に信じてもらえずともかまわなかった。

ところが、ミナトはあっさりと言った。

「ふーん。そっか、女の子だと痣とか見られるのイヤだもんねえ。あっ、リストバンドもいいかもよ。毎日包帯取り替《か》えるのも大変でしょ？」

真夜はあっけに取られた表情でミナトを見たあと、一瞬別の声に耳を傾《かたむ》け、「無理よ」とかぶりを振った。

「無理？　ああ、よく知らないのに気軽に言ってごめん」

ミナトがすまなそうな顔をする。真夜は突然立ちあがった。

「いいえ。お昼買ってきてくれてありがとう。お金ここに置くわね」

「えっ、待ってよ」

ミナトは真夜のいく手をふさぐように立ちあがった。

「ねえ、話してくれないかな。昨日の図書館のこと。あれ見間違いなんかじゃないよね⁉　人に言いふらすつもりはないよ。僕はただ――知りたいんだ」

真夜はじっとミナトを見た。ミナトはその視線に、ひるまずにふんばった。

やがて静かな口調で真夜は答えた。

「いいえ。見間違いよ。知らないわ」

第三章　黒と赤

午後の授業を受けながら、真夜《まや》はイーサンの言葉を思い出していた。

(――彼はいい子だね。友だちになれるんじゃないかな……)

真夜は即答《そくとう》していた。「無理よ」と。

確かに折束《おりづか》ミナトはいい人かもしれない。

けれど無理だ。自分に友だちなんて作れるはずもない。

家族はみんな死んでしまった。可愛《かわい》がっていたペットも死んだ。自分には死の運命がつきまとっている。

そのうえ祖父から受け継《つ》いだ、自分ではひとつも望まない素質《そしつ》とやらによって、『混沌《こんとん》の夜』の魔物《まもの》たちに狙《ねら》われているのだ。

こんな物騒《ぶっそう》な人間と、一体誰《だれ》が友だちになぞなりたがるだろう?

ここまで考えて真夜は自嘲《じちょう》した。

友だちと言ったのはイーサンだ。ミナト本人が言い出したわけではない。馬鹿《ばか》だ。何をいらぬ心配をしたのだろう。ミナトが話しかけてきたのも、昨日の夜のことがあったからだ。真夜自身に興味があったからではない。

それに……同級生たちも先ほど言っていたではないか。あんなに暗くてはごめんだと。上手にお喋《しゃべ》りをして、人を楽しませることも満足にできないのだ。

真夜は重いため息をつき、終業のベルが鳴るのを待った。

放課後、真夜はすぐさま図書室へと向かった。折束ミナトのことを考慮《こうりょ》すれば、今日はこのまま帰途《きと》についた方が良かったのだが、今週は図書室のカウンター当番だったのだ。

二学期に入って、担任から図書委員になることを勧《すす》められた。早く周りに馴染《なじ》むためには、学校の活動に積極的《せっきょくてき》に参加した方がよいからと。少々お節介《せっかい》だけれど、いい担任だねとイーサンは言った。真夜もそう思った。

ミナトに捕《つか》まらないために、急用をつくって当番を休むこともできないではないが……。担任の気持ちに応《こた》えるためにも、そういったずるはしたくなかった。

図書室に入ると、待ちかねていた司書教諭《きょうゆ》の女性はさっさと真夜に貸し出し業務《ぎょうむ》をひき渡《わた》し、調べものをするために奥の司書室にこもってしまった。カウンターには真夜一人残されたわけだが、これにはむしろホッとした。一人でゆっくりと考えたかったのだ。

まだ放課後の早い時間で、図書室にはだれもいない。しんと静まった部屋に、時計の音だけが響《ひび》く。

真夜はミナトにもらった『オリヅカ新聞』をカウンター下のテーブルに広げると、さっきは見出ししか読めなかった記事の内容までじっくりと読みはじめた。

人物図鑑《ずかん》と見出しの入った学校の花岡《はなおか》理事長へのインタビューは、もう何度もなされているようで、今回は彼の学生時代について触《ふ》れられていた。

苦手な教科があったこと。それを立派に克服《こくふく》したこと。生徒たちにもぜひそうして欲しいことが書かれている。ありがちな記事だが、滅多《めった》に見ない理事長への親しみを促《うなが》す助けにはなる。しかも苦手教科で赤点を取り、最低点は一桁《ひとけた》（！）というところまで突《つ》っ込んで書いているところは――話を聞き出してそれを書く許可《きょか》も得《え》ているところは――なかなか凄《すご》いことかもしれない。

一番目立つ見出しの「噂《うわさ》に突撃《とつげき》・礼拝堂の幽霊絵《ゆうれいえ》」は、校舎とは渡り廊下《ろうか》でつながっている中庭の礼拝堂に飾《かざ》られている聖母子《せいぼし》の絵だ。生まれたばかりの御子《みこ》キリストを抱《だ》くマリアの絵だが、ミナトの記事によると、その絵の近くに立つと周りにだれもいないのに肩《かた》を叩《たた》かれたり、外国の祈《いの》りの言葉やかん高い悲鳴を聞いたりするというのだ。

ミナトは実際にその絵の前に立ち、色々と調査してみた結果、声については建物の構造《こうぞう》上の問題だと分かった。絵の前あたりに立つと配管《はいかん》と空調《くうちょう》などの関係で、中庭の生徒たちの声が増《ぞう》幅《ふく》して聞こえてくるというのだ。しかも配管で音が歪《ゆが》められて伝わるので、まるで外国の言葉のように聞こえてきたり、悲鳴については、鳥の鳴き声や中庭の生徒たちの歓声《かんせい》の高音部分のみが伝わってそのように聞こえるというのだ。

これを調べるためにミナトは友人たちに頼《たの》んで悲鳴をあげてもらったり、中と外で同時に音を録音したりなど、それなりに実験もしたなどと書かれていた。

しかし真夜が一番感心したのは、肩を叩かれる現象《げんしょう》については、調べがつかなかったと正直に書いてあるところだった。

ミナトたちの実験中、その現象は起こらなかったが、体験者たちが嘘《うそ》をついていたとも思えない。よって本当に幽霊がいるのかもしれないが、誰かが怪我《けが》をしたという話もなく、酷《ひど》いイタズラをするとも聞かない。ミナトはこう結んでいた。

「きっといい幽霊だろう。歴史の長い学校の礼拝堂には箔《はく》がついて丁度いい。我らが学園の名物としてそっとしておこうと筆者は考える」

イーサンが何か言った。真夜は首をかしげた。

「――イーサンはずいぶんこの人のことかっているのね。確かに頭もいいかも知れないけれど、こういう人のことは相当なロマンチストって言うんじゃない？」

思っていた。

天《あま》の邪鬼《じゃく》な言葉だと真夜自身分かっていた。本当はイーサンがミナトを気にいるのも当然と思っていた。

ミナトには行動力がある。ねばり強さがある。物怖《ものお》じをせずに言いたいことをハッキリと言う。そして真夜が自分にもっとも欠《か》けていると思っているものが備《そな》わっている。ミナトは相手の気持ちをつかむことができるのだ。

「え――新聞のバックナンバー？　そうね。あるかもしれない」

イーサンに促《うなが》されて、真夜はカウンターの椅子《いす》から立ちあがると、少し考えてから図書室の奥の一角に向かった。この学校に関しての発行物がまとめられている場所だ。

年度順に並んだ卒業アルバムや創設者の回顧録《かいころく》、学校の歴史書に交じって校内資料の区分けで過去三年間の校内発行物を綴《と》じた何冊ものファイルがあった。校内行事、委員会からの告知、生徒会からの発行物とタイトルが書かれる中で、真夜は試《ため》しに「部活動・その他」と書かれたファイルを手に取った。当たりだった。後ろの部分に仰々《ぎょうぎょう》しく著者寄贈《きぞう》の印《いん》が押された「オリヅカ新聞」が綴じられていたのだ。

真夜はその場でパラパラと新聞をめくってみた。どれもノートの大きさに二つ折りされた一枚きりのペーパーだったが、内容は充実《じゅうじつ》していた。たいがい紙面は二つか三つの記事で占《し》められていて、他《ほか》に学校の行事スケジュールや季節に関することが毎回書かれていた。例の下手くそな四コマ漫画《まんが》も載《の》っており、よく見るとそれもミナト本人が描《か》いていた。

真夜の手が止まったのは、特別号と書かれた一枚だ。それは厳密《げんみつ》に言えばオリヅカ新聞ではなく、今まで記事や発行に協力した者たちのミナトに対しての言葉を集めたものだった。ミナトの友人たちがかれを驚《おどろ》かせるために作ったものらしい。生徒だけではなく教師や事務員や近所の商店主からの言葉まで載せられている。寄せられた言葉はバラエティに富《と》んでいるが、内容から読み取れることは折束ミナトは皆《みな》に親しまれ、好かれているということだ。

ここに乗った以外の沢山《たくさん》の人々からも、かれは好ましく思われているのだろう。同級生たちの言葉からもミナトに対する嫌悪《けんお》は微塵《みじん》も伝わってこなかった。かれは周りから受け入れられ、愛されて育ったのだ。

自分とはまったく違《ちが》う人種《じんしゅ》なのだ。

真夜は乱暴《らんぼう》にファイルを閉じると、元の場所にグイっと押し込めて貸し出しカウンターへ戻《もど》った。その一歩目を踏《ふ》み出したとき。

周囲の空気が変質《へんしつ》した。嫌《いや》でも慣れてしまった混沌の夜の濃密《のうみつ》な空気に。

魔物は正面にいた。

黄銅《こうどう》のウロコを身体中につけたサルに似た形の魔物だった。

「コンニチハ。ちょっと美味《おい》しそうな魂《たましい》をお持ちだねお嬢《じょう》さん――」

しゃがれた声で、精一杯《せいいっぱい》の猫《ねこ》なで声を出したような魔物《まもの》の言葉に、真夜は眉《まゆ》一つ動かさなかった。

「悪いときに来たわね。わたし今、機嫌《きげん》が良くないのよ」

物騒《ぶっそう》な言葉を言い、真夜は左手に巻いた包帯をほどいた。

左手の刻印からじわりと血がにじみ、暗赤色の薔薇《ばら》の花びらとなって宙に舞《ま》った。

真夜の手にはすでに薔薇の鞭《むち》が握《にぎ》られていた。

鞭がしなる。

「ギャッ」

パシッと硬《かた》い音を立てて、真夜の鞭が魔物を打ちすえた。

魔物がひるんだ隙《すき》に真夜はもう一度言葉を発した。

「来てちょうだい、レイヴェン――!」

まばたきをする間に、長身の黒い影《かげ》が真夜の隣《となり》に立った。

魔物はレイヴェンの姿を見ただけでひるんだ。

「昨日のあれよりも小物《こもの》だな……。しかもすでに深手《ふかで》を負《お》っている」

真夜の鞭の跡《あと》を見てとりレイヴェンは言った。

「ここで時間をつぶすのはいやなの。お願い」

「──御意《ぎょい》」

レイヴェンはためらいなく剣《けん》を抜《ぬ》いた。


「如月《きさらぎ》さん、いる──!?」

図書室のドアを勢いよく開けて折束ミナトは叫《さけ》んだ。手前のテーブルで本を開いていた生徒や、カウンター近くにいた全員がミナトに注目した。

で本を借りようと並んでいる生徒、本の整理をしていた司書教諭《きょうゆ》、そして貸し出しの手続きを行っていた真夜が。

その中で一番早く驚きから立ちなおったのは真夜だった。手元の貸し出しカードに借り手の名前を書きこんで保管《ほかん》し、本の方には期限をスタンプして渡《わた》す。

「再来週の水曜日までに返却《へんきゃく》をお願いします」

真夜に本を差し出された生徒もはっと我にかえり、本を受けとるとミナトにいぶかしげな視線を向けながら、横を通って図書室から出ていった。

「折束──図書室では静粛《せいしゅく》に。うるさいとつまんで外出すよ?」

「す、すみません──」

男っぽい言葉遣《ことばづか》いの司書教諭に素直《すなお》に頭を下げて、ミナトは真夜へ近づいた。

「如月さん、図書委員だったんだ……」

真夜は無言でミナトの顔を見あげる。

「如月さんの隣《となり》の席の子が教えてくれたんだ。本、好きなんだね」

「――どうぞ」

真夜はミナトの後ろの女子生徒に手を出した。ミナトが本を借りるのかと後ろに並んでいたのだ。

「わっ。ごめんごめん」

ミナトは慌《あわ》てて横に退《ど》き、真夜が作業するのを待った。そこでコツンと頭を叩《たた》かれた。「イテッ」と振《ふ》りかえると、司書教諭が怖《こわ》い顔で立っていた。

「折東――仕事中のうちの委員に絡《から》まない。話がしたいなら外で待ってなさい」

「はい。…………調べものがあるので、テーブルで本を読んでます。――静かに」

女性教諭はそれならよろしいとばかりに頷《うなず》くと、ふたたび本の整理に戻った。ミナトは真夜に視線を戻すと、口をパクパクさせて「あとでね」と言い、テーブルに向かった。真夜はすました顔で正面を向いていた。

魔物との戦いは、レイヴェンを喚《よ》んだおかげでまたたく間《ま》に終わってしまった。時間のロスも最低限ですんだ。魔物が消え、歪《ゆが》んだ空間が元に戻って数分後、図書室に生徒たちがやってきたのだ。もちろんここで起きたことはだれにも知られずに、だれにものぞかれることもなく終わった。

放課後の図書室には、地味に人が訪《おとず》れていた。この学校にも本好きがいるらしい。ミナトも相当《そうとう》の読書家のようだ。真夜がカウンターに座ってから二時間、飽《あ》きもせずに本を読んでいた。

ようやく図書室を閉める時間になり、司書教諭が生徒たちを外へ出している間に真夜はその日の記録日誌をつけ、それを提出してからやっと鞄《かばん》を持って図書室を出た。出ると案《あん》の定廊下《じょうろうか》で待っていたミナトが話しかけてきた。

「お疲《つか》れさま」

真夜は無視して歩き出した。

「……ねぇ。ほんのちょっとでいいから、話ができないかな」

追いかけてくるミナトに、

「話すことはないわ」

真夜は冷たく言いはなつ。とうとうミナトは爆発《ばくはつ》した。

「待ってよ！　僕はなにも、如月さんの秘密を暴《あば》こうとか、新聞のネタさがしとかの興味本位《ほんい》で聞いているんじゃないよ！　怖かったからなんだよ！」

ミナトの怒鳴《どな》り声にというよりも、内容にびっくりして真夜は足を止めた。

「怖い?」

「そうだよ。僕は昨日あれを見てすごく怖かったんだ。人が壁《かべ》から出てくるなんてありえない。そんな幻覚《げんかく》を見るなんて、頭がどうかしちゃったんだと思った。幽霊《ゆうれい》を見たんだと思って怖かったんだ。でも……しばらくたってきみのことに気づいた。外国からの転校生だって一時期話題になっていたから。君は確かに実在《じつざい》する。だから僕は、自分の見たものは信じようって思ったんだ」

真夜はじっとミナトを見た。

「きみがだれにも言わないでくれって言うなら、そうするよ。だから教えてよ。昨日のアレは、一体何なんだい?　君はなにか特別の力を持っているの?」

――昨日……あれを目撃《もくげき》しなければ、ミナトは真夜の存在を思い出すこともなかっただろう。一時期話題になっただけの存在。学校ですれ違ってもなんの興味も持たなかったはずだ。今までがそうであったように。イーサンに気にいられ、多くの友だちを持つミナトには、縁《えん》のない存在だ。

だが、それは何も悪いことではない……。ミナトの罪《つみ》ではない。悪いのは自分だ。

真夜はミナトを見つめたまま口を開いた。

「あなたの話は分かったし、邪険《じゃけん》にして申し訳なかったわ。でも、わたしがあなたに話すことは何もないの。関《かか》わって欲しくないの。ごめんなさい」

キッパリと言うと真夜は軽く頭を下げてミナトの前から歩き去った。

「……関わって欲しくない……？　ね、待ってよ。それって――」

ミナトは懲《こ》りずに真夜を追いかけ、角を曲がったところでドンと人にぶつかった。

「うわぁっ。イタタ。す、すいませ……」

打った鼻とメガネを押さえ、相手を見あげたところでミナトは呆《ほう》けた。

ぶつかったのは、学校の生徒でも教師でもなかった。

長身の身体《からだ》に昔《むかし》風の黒いロングコートが恐《おそ》ろしい程《ほど》よく似合う男だった。銀の髪をしていて一目で日本人ではないことに気づく。

「あっあの。アィムソーリィ……」

慌てて英語で謝《あやま》る。

だが相手はそれを無視し、一言告げた。

「興味本位でこれ以上真夜に近づくな」

目を瞠《みは》るミナトの前で、男はコートを翻《ひるがえ》し廊下を歩き去った。

「……如月さんに……近づくな？」

ミナトは呆然《ぼうぜん》とつぶやいた。

何故《なぜ》か……男のあとを追おうという気にはならなかった。

学校の門を出た真夜は、そこに立つ派手《はで》な服装の男を見て思わず立ち止まった。

授業が終わってずいぶんたっているため、校門の周りに生徒たちの姿は少ないが、全くないわけではない。そのかれらが、そばを通りながらチラチラと男を見ている。そんな中、相手は真夜をまっすぐに見つめて近づいてきた。

「レイヴェン……あなたどうしたの？」

自分の騎士《きし》だというのに、あまり歓迎《かんげい》しかねる顔つきだ。

「帰りの護衛《ごえい》だ。二日続けて魔物が現れた。用心に越《こ》したことはない」

「……そう。それでその服は？」

「ああこれか。イーサンの見立《みた》てだ。元の格好ではまずいのだろう？」

「――ええ、そうね。似合ってないとは言ってないわよ、イーサン」

目立ちすぎると文句を言おうとした真夜は、すかさず自分の守護霊《しゅごれい》になだめられ、しぶしぶ容認《ようにん》した。

「今日も図書館へ寄り道か？」

「……イーサンの見たい本があるもの」

真夜はこっそりとため息をつき、連れの服装は気にしないことにして歩き始めた。

＊＊

(あれはどういう意味なんだろう……)

真夜に近づくなと言った男。

どこがどうというわけではなかったが、まるで上から頭を押さえつけられているような重圧《じゅうあつ》を感じた。あまり人見知りもないし、すくんだこともないミナトには悔《くや》しい体験だった。

黒いコートの男と真夜に何かの関係があることは確かだ。近づくなというのは、近づかれると不具合《ふぐあい》が発生するからだ。

(一体……なにがまずいんだ？　そもそも如月さんはあいつのこと知ってるのか？　だれなんだ――)

ミナトははっと顔を上げた。

考えこみながら歩いていた目の端《はし》を、鮮《あざ》やかな赤い色彩《しきさい》が通ったのだ。

振りかえると、礼拝堂へ向かう一人の少女の後ろ姿が見えた。広がった赤いミニスカートにお揃《そろ》いの上着はケープのような洒落《しゃれ》た形だ。だがそれよりもミナトの関心を引いたのは、呆《あき》れるほど派手にくるくると巻かれた金髪だった。

ミナトは今《いま》し方《がた》までの悩《なや》みをおいて、好奇心《こうきしん》からそのあとを追った。

赤い服の少女は意外に足が速く、ミナトが追いつく前に中庭を突《つ》っ切り、礼拝堂へと入っていった。

「――ねぇ、きみ。ここの生徒じゃないよね？」

やっと礼拝堂で追いつき、ミナトは声を掛《か》けた。入口近くの壁の絵の前に立っていた少女は、振《ふ》り向いてにっこりと笑った。

ミナトは息をのんだ。知らずに頬《ほお》が赤くなる。

振り向いたのは、天使のように愛らしい美少女だったのだ。

陶器《とうき》のような白い肌《はだ》で頬は薔薇色《ばらいろ》をしている。弓のようなカーブを描《えが》いた眉《まゆ》と長い睫毛《まつげ》。目の色は深いエメラルドグリーンだ。薄《うす》く小さな唇《くちびる》はつややかなピンク色をしている。

派手な髪型だと思ったが、こうして見るととてもよく似合っている。

「はぁい♪　そうよ、わたしはここの生徒じゃあないの」

鈴《すず》の音のような可愛《かわい》らしい声だった。

「でもね、ここの学校に妹が通《かよ》っているのっ。会いに来たんだけど……その前にちょっと気になることがあって、ここへ来たの」

少女はぐるりと周りを見回した。

「……礼拝堂に？」

「そう。祈《いの》るための場所でしょ。わたしね、こういう建物大好き。こういう……子供を抱《だ》きしめる聖母の絵が必ず飾《かざ》ってあるしね」

少女は礼拝堂の隅《すみ》に小さく飾られた絵の前に指を伸《の》ばした。

「あっ。その絵は……。それにはあんまり、近づかないほうがいいよ」

ミナトが注意した。

「どうして？——幽霊がいるから？」

「やっぱりこの絵、そうなんだね⁉　きみ……ひょっとしてエクソシストなの？」

少女は声をあげて笑った。とびきりの冗談《じょうだん》でも聞いたようだった。

「まさかぁ。でも風流《ふうりゅう》な言葉を知っているのねぇ。この絵にはね、年取った猫《ねこ》の霊がいるの。飼い主の家にあなたたちと同じ年頃《としごろ》の子がいたんで、ひかれてきたみたいよ。あら——」

少女の視線が宙を漂《ただよ》った。直後にミナトは「わっ」と飛びあがった。ここの幽霊話の最後の謎《なぞ》の、肩叩《かたたた》きを味わったのだ。

「な、なに今の、なに？」

「猫が肩に乗ったのよ。またすぐに絵に戻ったけど」

「へぇ……そうなんだぁ……。なるほどう」

ミナトは自分の肩を撫《な》で、感心したように頷《うなず》いた。

「んん〜〜けっこう悪戯《いたずら》ねぇ。困《こま》るなら殺しちゃう？」

ミナトはぎょっとして少女を見た。

「殺すって……」

「なぁに？　もともと死んでる猫でしょ？」

「それはそうだけど……べつに……そんなに迷惑《めいわく》じゃないから、このままでいいんじゃないかな？」

「あらぁ、そうなの。……まぁわたしには関係ないものね。どうでもいいかしらね」

少女は肩をすくめると絵からミナトへと向きなおった。

「じゃあさっきの続きね。ここにわたしの妹が通っているんだけど……。さぁて、だれかしらぁ☆　あなたも知ってるはずよ？」

「きみの妹を、僕が知ってる……？」

ミナトは腕《うで》を組んでうーむと考えこんだ。

「うちの学校、帰国子女も多いけど……きみみたいにキレイな金髪の人いないしなあ。それ、染《そ》めてるように見えないし……う――ん」

少女はクスクスと笑った。

「あなた真面目《まじめ》なのねぇ。そういう人大好き☆　いいわ、特別に教えてあげる」

「え――――一体だれ？」

「真夜・クリスティーヌ・リッジ。こっちではママの実家の苗字《みようじ》の、如月って名乗ってるわね」

「え……ええっ!?」

少女の言っているのがあの如月真夜だと理解し、ミナトは目を丸くした。

「そんなっ。だって、彼女、家族はみんな死んでるって………」

「あら、そんなふうに聞いたの？」

少女はにっこりと笑うと、突然《とつぜん》ミナトの前でパンっと手を打った。

ミナトはわっと反射的にまばたきして身体《からだ》を引く。

「び、びっくりした……」

「いまの驚《おどろ》かす方法、名前はなぁに？」

「えと……猫騙《ねこだま》し？」

「正解♪　あなたものしりねぇ。で、わたしはだぁれ？」

「えーとえーと、如月さんの……お姉さん？」

「はい、良くできました☆　そうなの、真夜の双子《ふたご》のお姉さんなの。名前は真朝《まあさ》。マーサね。小さい頃にね、わたしは別の里親《さとおや》に引き取られたのよ……」

真夜の双子の姉と名乗った真朝は、自分がまだ赤ん坊だった頃に家族を襲《おそ》った事故があり、重傷を負った自分を、母親が泣く泣く手放したのだと話した。夫を亡《な》くし自らも怪我《けが》を負った母親は、二人の子供を育ててはいけなかったからだ。

「それを知ったときはすこし怒《おこ》ったけど、仕方ないわよねーぇ。とにかく、あの子のことが気になって、それで会いに来たの。でもぉ……いきなりお姉さんって言ってもあの子も困るでしょ？　わたしのことなんにも知らないんだもの。だから心の準備期間を上げなくちゃね☆最初はお姉さんって言わないでおくの。それで親しくなってお友だちになってから、実はお姉さんなのって言うの。とっても楽しそうだと思わない？　そのためにはあの子のこと知らなくちゃいけないでしょ？　だからあの子の友だちに、あの子のこと教えてもらおうと思って。ね、お願いできるわよね？」

たたみかける真朝の言葉はしごく真《ま》っ当《とう》に聞こえ、ミナトは頷《うなず》いた。

「あ――うん。そうだね。そのとおりだよ」

「やったぁ。ありがとう！　お礼してあげる」

真朝はミナトににっこりと微笑《ほほえ》みかけた。愛らしい天使の微笑みだ。真夜とは正反対だなと、

一瞬頭の奥で考える。

そう考えているうちに、真朝の手が伸びてきて、ミナトの頬を捕《と》らえた。と思う間もなく
――。

「えっ？　うわ………んっ……」

ミナトの唇に真朝の唇がぴったりと重なっていた。

やわらかい……と、思うのと同時にとんでもないことをしてると気づく。けれど、焦《あせ》って身体を離《はな》そうとするより早く、真朝の唇は自分から離れていった。

「キス、慣れてないのね。真面目なんだぁ。こんなの、むこうじゃ常識《じょうしき》よ」

真朝はツンツンとミナトの鼻先をつつき、にっこりと笑った。

礼拝堂を出て、ミナトはまだほんのり頬《ほお》を染めたまま真朝に熱心に言った。

「僕、協力するよ。如月さんのことをきみに色々教えるね。それじゃあ」

バイバイと手を振《ふ》る。

真朝もそれに付き合って、ぴらぴら手を振り返す。

やがてミナトが見えなくなると、真朝はくるりと向きを変えてまた礼拝堂へ戻った。

「かっわいーい。キスなんて、お礼だからって簡単にするわけないのにねーえ。ふふ☆」

上機嫌《じょうきげん》にステップを踏《ふ》むようにして先ほどの聖母子像の絵の前に来ると、真朝はすっと手を

伸ばした。

その指先が絵に触《ふ》れると、どこかで抗議《こうぎ》する猫の鳴き声がした。

「はいはい、おまえ邪魔《じやま》になるのよね。ばいばーい♪」

にこやかに言うと、真朝の手がぎゅっと握《にぎ》られ——猫の声はもう聞こえなくなった。

第四章　接触

これから何が行われるのか…………。

硬《かた》い足音がグルグルと周りを巡《めぐ》っていた。

低いうなり声のような声も、一緒《いっしょ》に回っていく。

心地《ここち》よいミルクの甘い香《かお》りはない。

天井《てんじょう》の近くには薄《うす》い靄《もや》がかかっているように見える。そこに新たに四本の細い煙《けむり》が加わっていく。部屋の四隅《よすみ》に置かれた香炉《こうろ》から立ち上っているのだ。

その香には、麻薬《まやく》の類《たぐい》や動物の生き血など、おぞましい材料が含《ふく》まれていた。

コツコツと歩く足は、ときおり長いうなり声をあげて手にした何かを床《ゆか》に振りまいていた。

水……水よりも粘《ねば》りけのある何かだ。

片割れの存在を隣《となり》に感じながら、ただ目を見開くことしかできなかった。

やがて大きな影《かげ》が自分の上に落ちた。手足を突《つ》っぱねて暴れたけれど、一言、何か言われたとたん、身体が痺《しび》れたように動かなくなった。

大きな影は男だった。手にはキラキラと光るものが握られていた。何に使うものかはすぐに分かった。柔《やわ》らかな肌触《はだざわ》りの服がキラキラしたものに引っ張られると簡単に切り裂《さ》かれたのだ。

泣き叫ぼうとした。

そうすれば、いつでも、優《やさ》しい手があやしてくれるのだから。

けれど。声は出ず、再び鋭い痛みが身体に加えられ――。

だめ。諦《あきら》めないで。声をあげて。

声を。呼んで。呼ぶのよ。早く。早く、早くはやくはやく――。

「――ママっ……！」

苦しいだけの覚醒《かくせい》は突然やってきた。

はっと目を覚ました真夜《まや》は、不快感と胸の苦しさで吐《は》き気《け》を覚えた。

目をぎゅっと閉じて、口で荒《あら》い息をする。

じっとり汗《あせ》をかいていた。とても嫌《いや》な夢を見た。

そこまでは分かるのに、夢の内容は……まったく覚えていなかった。

「どうしたの真夜ちゃん。なんだか顔色が悪いみたいよ」

朝食の席で祖母の花江《はなえ》が言った。

「風邪《かぜ》かしら？」

こちらへ身を乗り出して、着物のたもとを押さえながら額《ひたい》に手をあててくる。細く筋《すじ》の浮いた手だけれど優しい手だった。切望していたものを与《あた》えられた気がして、一瞬安堵《あんど》のあまりに泣きそうになる。

熱はないか、寒気はしないかと心配してくる祖母に、せいいっぱいの笑顔《えがお》らしきものを浮かべて真夜は大丈夫《だいじょうぶ》ですと答え、学校へ向かった。

「……ええ、本当になんでもないのよイーサン。すこし疲《つか》れているだけ。……なんだか、あまりゆっくり眠った気がしなくて……」

登校途中、やはり心配して話しかけてくるイーサンへ真夜は律儀《りちぎ》に答えた。

いつもよりゆっくりした足取りで真夜は学校の門をくぐった。その肩《かた》を、気さくにぽんと叩《たた》く手があった。

「おはよー如月《きさらぎ》さん」

折束《おりづか》ミナトだった。真夜はまじまじとその顔を見た。あれほど強く関《かか》わらないでくれと言ったのに、まったく堪《こた》えていないらしい。

真夜の視線の意味を理解したのか、ミナトはその場でぺこりと頭を下げた。

「昨日はごめん。謝《あやま》ります。如月さんの事情とか全然考えずに嫌な思いをさせました」

頭を下げるミナトに、周りの生徒たちは立ち止まりこそしないものの、なんだなんだと注目していく。

「……もう、わかったから。頭を上げて」

「許《ゆる》してくれる？」

「許すもなにも――。別に何もないですから」

それ以上なんと言っていいか分からず、真夜は校舎に向かって歩き出す。ミナトはその後ろを追いかけてきた。

「昨日はなんだか僕、焦《あせ》りすぎてたみたいだ。反省したよ。もう無理なことは言わないからさ。まず、普通《ふつう》に友だちから始めないかな？」

真夜の足がピタリと止まった。

「友だち……？」

「そう。友だち。意外と役に立つよ、僕」

「……どうしてそんな風に思ったの？」

「役に立つの方……じゃなくて友だちの方？　なんていうか、うーん、如月さんに興味わいたんだ。あとイギリスで育ったって聞いたから、いろいろ話を聞きたくなったっていうか」

ミナトは腕組《うでぐ》みしながら答えると、真夜ににっこりと笑いかけた。

「と言うわけだから、これからよろしくね、如月さん」

「……友だちは、宣言《せんげん》してなるものじゃないわ」

冷たい顔でしごくもっともな言葉を言い、真夜は迷いのない足取りで校舎へ向かった。

その日の昼休み。

困ったことにミナトが昼食に誘《さそ》いに来た。

二人が今朝一緒にいたことは既《すで》に真夜のクラスで大きな噂《うわさ》となっており、ミナトが教室に顔を出すと大きなざわめきが起こった。

「よーよーミナト君。最近お熱いんじゃな〜〜い？」

男子生徒の一人が冗談《じょうだん》めかしてはやし立てる。釣《つ》られるように数人がヒューヒューと口笛を吹《ふ》く。

ミナトはやれやれと首を振《ふ》った。

「悲しいなあ。実に子供っぽいよ、前原《まえはら》君。もう高校生なんだからそんなガキみたいなこと言ってたらだめだよ。如月さんに日本の高校生のレベルが誤解《ごかい》されちゃうだろ。きみらも早くそういうの卒業しなね」

いかにもうんざりとした表情で言われて、前原は「うわー盛《も》り下がる」と机の上で頭を抱《かか》えて見せた。彼なりに礼儀《れいぎ》を払《はら》ったつもりだったのかもしれない。

そんな中、真夜は無言で立ちあがった。その後ろを一緒に行くものと決めてかかってミナトがついてくると、くるりとふり返って言った。

「お昼は一緒にはいきません。図書委員の当番がありますから」

教室中から「おお」とどよめきが起きた。ミナトはくじけなかった。

「でもお弁当もってないから、パンとか買うんでしょ？　また僕が買ってきてあげるよ」

真夜はとうとう根負《こんま》けして「お好きに」と、ミナトを無視して歩き始めた。背後で前原たちが「よし」と親指を立てたのを、ミナトも真夜も知らなかった。

結果からいえば、真夜は図書室へはたどり着けなかった。階段を使っている途中で急にめまいがし、意識がふっと薄《うす》れてしまったのだ。

次に真夜が気が付くと、保健室のベッドに寝《ね》かされていた。

薄いカーテンで仕切られたむこうから、養護《ようご》の教諭《きょうゆ》とミナトの声が聞こえてくる。立ちくらみとか貧血とか言っているようだ。ミナトがよろしくお願いしますと言って部屋の扉《とびら》を開けて出ていくのが聞こえた。すぐに薄いカーテンが開けられて白衣《はくい》を着た女性が顔をのぞかせた。

「よかった。目が覚めたのね。顔色が悪いし軽い貧血だと思うから、しばらく眠っていらっしゃい。さっきの子がカバンとか持ってきてくれるそうよ。いい友だちね」

真夜は彼女の言葉をまばたきもせずに聞いていた。

「友だち……」

「大丈夫？　生理《せいり》かしら？　辛《つら》いなら鎮痛剤《ちんつうざい》も出してあげるわよ」

真夜はベッドの上で頭を横に振った。

「じゃあ寝不足かしら。夜更《よふ》かしは良くないわよ。こっち側暗くしてあげるから、眠りなさい」

養護の教諭はそう言うとカーテンを閉めて、言葉どおり部屋の半分の電気を消してくれた。

それほど眠くないと思ったのに、真夜はすっと眠りに引きこまれた。

しばらくして、違和《いわ》感に目が覚めた。

心臓がドキリと大きく脈打つ。身体がベッドに沈《しず》みこむような錯覚《さっかく》に陥《おちい》る。

魔物《まもの》が空間を変えたのだ。混沌《こんとん》の夜の世界に。

真夜はそろそろと起きあがり、油断なく周囲を見回した。どこかに魔物が潜《ひそ》んでいるはずだ。

「イーサン……わかる？」

自分の守護霊《しゅごれい》にそっと話しかける。返ってきた答えは芳《かんば》しくない。

真夜はベッドからおりると思い切って仕切りのカーテンを開けた。

「あら、もう起きたの？　やっぱり薬がいる？」

華《はな》やかな声が聞こえた。養護の教諭が薬を入れたキャビネットの前でこちらを見ていた。

真夜は困惑《こんわく》した。混沌の夜の空間には今まで他の人間が紛《まぎ》れたことはない。魔物がいると思ったのは気のせいだったのか。

「それともお茶を入れてあげましょうか？　ハーブティーもあるわよ」

優《やさ》しく声をかけてくる養護の教諭に真夜は首を振った。

「いいえ……結構です。――もう大丈夫ですから、戻ります」

「それはだめよ。ここに座って。おやつもあるのよ。お腹《なか》が空《す》いているんじゃない？」

養護の教諭は真夜の後ろに回りこむと、肩を抱《だ》くようにして小さなソファに座らせた。

「ドーナッツとスコーンとどちらが好き？　もちろんスコーンよね。クロテッドクリームもあるの。イギリスではそうやって食べていたでしょう？　カモミールティー入れてあげるわね」

「本当に平気ですから……」

立ちあがろうとする真夜の頬《ほお》を白衣の手が挟《はさ》んだ。なにか妙《みょう》な気持ちがした。

「だめだめ。顔色が青いじゃない。あなたの年頃《としごろ》だったらもっとピンク色の頬をしていなくちゃ。これじゃ死人と一緒《いっしょ》だわ」

鮮《あざ》やかな色のマニキュアを塗《ぬ》った指先が、真夜の頬をゆっくりと撫《な》でる。

「……くちびるの色も……惜《お》しいわね。もう少し赤いと好きよ」

「それはこれから教えてあげる。さぁ、眠《ねむ》りなさい。うんと気持ちよくしてあげるわ」

「せんせ……。――違《ちが》う。……だれ？」

真夜の目の前で女は姿を変えた。妖艶《ようえん》な美女の姿になり、髪《かみ》が一気に長く伸《の》びた。

「おまえ――」

真夜が左手に封《ふう》じられた鞭《むち》をとろうとする。が、腕は動かなかった。女の髪が真夜の両手に絡《から》んで縛《いまし》めていたのだ。真夜はハッと息をのんだ。

「――スクブス⁉　おまえが？」

「そう、正解よ。後ろの幽霊《ゆうれい》さんに教わったの？」

スクブス――女夢魔は真夜とその後ろを見てくすくすと笑った。

魔物が正体を現したのと同時に部屋の様子もゆっくりと変わっていった。机や棚《たな》が歪《ゆが》んで溶《と》けあい、女夢魔の望む形へと変わっていく。縦《たて》にねじれた巻き貝の中のような部屋になった。

「わたしのことは知っているかしら。あなたに怖《こわ》いことも痛いこともしないわよ。ただ気持ちよくしてあげるだけ………。試《ため》してみたいでしょ」

女夢魔は逃《のが》れようとする真夜の頬をしっかりとつかみ、唇《くちびる》を重ねようとした。

その時、勢いよく扉が開いた。真夜のカバンを持ってきたミナトだった。

「如月さん、これ――うわっ、なんだっ」

「あぁら――。扉を封《ふう》じるの忘れてたわ。おまけのワンコちゃんまで来ちゃった」

女夢魔がそれは楽しそうに言う。

「逃《に》げて。早く――――！」

真夜が叫んだ。しかしミナトは全く反対のことをした。女夢魔に向かって突進《とっしん》したのだ。

「如月さんを離《はな》せぇっ！」

ミナトの体当たりに女夢魔は体勢《たいせい》を崩《くず》された。真夜への縛めが少しだけゆるむ。

真夜はその隙《すき》を見逃《のが》さなかった。

素速《すばや》く包帯を取り去ると一瞬のうちに薔薇《ばら》の鞭を手にしていた。黒い鞭がしなり、髪の縛めを切る。

「立って。下がって」

再び迫《せま》ってきた髪に鞭を振るい、真夜は転んで膝《ひざ》をつくミナトを庇《かば》った。落ちかけたメガネをかけ直し、真夜の後ろに立ってミナトはぎょっとした。

「き、如月さん……その鞭どうしたの。――うわぁっ、この人だれ⁉」

女夢魔を睨《にら》んでいた真夜は、ミナトがだれを指《さ》して言っているのか気づかなかった。

「あなたは知らなくていい。外へ出られない？」

真夜は敵から目を離さずに言う。

「――だめだ。もう扉自体がないよ」

真夜は胸中《きょうちゅう》で悪態《あくたい》をつき、鞭を床《ゆか》にたたきつけた。女夢魔の髪が這《は》い寄ってきたからだ。そして頭を振《ふ》る。

「それはだめよ、イーサン。姿を見られるわ」

「イーサンっていうの？　この人は味方なの？」

ほぼ同時に真夜とミナトは言った。

一瞬間を開けて、真夜はふり返った。ミナトは、真夜と真夜には見えないもう一人を交互《こうご》に見つめた。

その目の動きで、やっと何が起きているか真夜は察知《さっち》した。半信半疑《はんしんはんぎ》で聞く。

「あなた……イーサンが見えるの？」

「金髪のメガネの人のことなら……たぶん」

ぎこちなくうなずくミナトに、真夜は目を見開いた。

「あっ、危ない」

ミナトが叫んで、カバンを盾《たて》のようにして持って真夜の前に飛び出す。

女夢魔が今度は細いナイフのようなものを投げてきたのだ。

「うわっ」

大半のナイフはカバンに刺《さ》さった。だが一本だけ、ミナトの腕をかすめた。傷口に血がにじみ、すぐにしたたり落ちる。

真夜は迷いを捨てて喚《よ》んだ。

「来て、レイヴェン――――!」

黒い騎士《きし》は真夜の呼び声に瞬時に応《こた》えた。

暗闇《くらやみ》が視界をおおう。夜の闇の中を通った風が真夜を包む。

「今回はすこし遅《おそ》いな……」

落ちついた声が真夜のすぐ耳元で言う。

闇色のマントが開くと、後ろにレイヴェンが立っていた。

「これは真夜一人の手には負《お》えない」

真夜の肩を軽く押して自分の背後へとかばう。その横には尻餅《しりもち》をついたミナトがいた。現れたレイヴェンに押しのけられたのだ。

「ああっ! あなた昨日の………」

「下がっていろ。邪魔《じゃま》だ」

見もせずにレイヴェンは言った。視線は女夢魔に据《す》えられたままだ。

「おまえには警告《けいこく》を与《あた》えたはずだが……?」

「そうだったかしら。忘れちゃったわ」

女夢魔は両手を広げ、華奢《きゃしゃ》な肩をすくめて見せた。レイヴェンは目を細めた。

「髪が戻っているな……。どこで力をつけた」

「そんなにわたしのことが知りたいの？」

女夢魔はくすくすと笑って近づいた。レイヴェンは腰の剣を抜いた。

そのかたわらで、ぽかんとしたままのミナトの腕を真夜が引いた。

「……危ないわ。下がりましょう」

「あ、ああ。——だれ、あれ」

ミナトの問いに真夜は答えなかった、

『さっきは真夜を守ってくれてありがとう』

かわりにミナトの横で優しい声が言った。金髪をちょっと長めに伸ばして、細い縁《ふち》のメガネをしているのも分かる。映画俳優のようにハンサムだとミナトは思った。

「あなたは、イーサン？」

『そうだよ。いい目をしてるね』

「本当に……イーサンが見えているのね」

真夜はまだ信じられないとミナトを見る。

「見えるよ。さっきよりもはっきり見える。普通《ふつう》の人みたいね。でも……普通の人じゃないんだよね？　あっちの人みたいに」

「……ええ」

普通ではないわ――。

真夜は暗いまなざしで答えた。

一方、女夢魔と戦いながらレイヴェンは舌打ちしていた。

魔物に対してではない。今《いま》し方《がた》後ろでかわされていた会話についてだった。どうも色々と気にくわない。その怒《いか》りを目の前の敵にぶつける。

「一度警告はした。今度は殺すぞ」

「できるものならね」

女夢魔はにこやかに微笑《ほほえ》むと、壁《かべ》によりかかり、沈《しず》むように壁の中に姿を消した。ここは女夢魔の支配する空間なのだ。

と、レイヴェンの足元が波うち、女夢魔が水から上がるかのように姿を現した。レイヴェンの身体《からだ》を這い登《のぼ》るように手がまとわりつく。

「忘れたなんて、うそよ……。あなたが忘れられなくて来たの」

白くやわらかい腕がレイヴェンの腰に回される。女夢魔はえん然と微笑《ほほえ》んでみせる。

レイヴェンは微《かす》かに眉《まゆ》をひそめ、握《にぎ》った剣でその身体を突《つ》き——女夢魔は砂糖菓子《がし》よりももろく崩《くず》れた。

「なに——！」

「まぁ残念。自分の足もついでに突いてしまえば良かったのに」

いつの間にか横の壁に顔を出して女夢魔が言う。

レイヴェンは一瞬で距離《きょり》をつめ、そこにも剣を突き立てた。

女の顔がもろく崩れる。

「ふふふ。こっちよ……。さぁ捕《つか》まえてごらんなさぁい」

また別の箇所《かしょ》から女夢魔の顔が現れた。レイヴェンは目で捕《と》らえながらもその場から動かなかった。壁に刺した剣をますます強くそこにねじこんだ。

「あらあら。わたしが捕まえられなくて拗《す》ねているのかしら、坊《ぼう》やぁ？」

女夢魔はくすくすと笑っていたが、レイヴェンが剣をねじこんだ場所から沸騰《ふっとう》するように泡《あわ》がたち始めると、顔色を変えた。

「一体なにを——アアッ。やめて！」

のけぞったまま、女夢魔は内側から弾《はじ》けて崩れた。そこから闇の色に染まった風が吹き出す。

「ひどい男ね！　断《ことわ》りもなく女の身体になにをするのよ」

また別の場所から声がした。壁の中から、カーテンをかき分けるようにして現れた女夢魔は、黒いインクを浴びたようにところどころが汚《よご》れている。

「捕まえて欲しかったのではないのか」

悠長《ゆうちょう》な口調とは裏腹に、レイヴェンの剣が一閃《いっせん》した。

女夢魔は、壁自体をぐいとひっぱり、自分の盾とした。レイヴェンの剣は壁を切《き》り裂《さ》き、その向こうに本物の保健室を露出《ろしゅつ》させた。

「いやな男ね。女の言葉の裏も読まないなんて。本当に朴念仁《ぼくねんじん》ってやつねっ」

盾にした壁を布のように変えてそのまま身体に巻き付けた。

レイヴェンの斬《き》りつけた隙間《すきま》はその間にも速《すみ》やかに広がっていく。

「外へ出ていろ」

えっとなる真夜とミナトにイーサンが『向こう側へ』と促《うなが》して出す。開いた隙間を塞《ふさ》ぐようにレイヴェンが立つ。

「あぁら、行っちゃったわ仔猫《こねこ》ちゃん。まぁいいわ。今日はこれで帰ってあげる。またねぇ」

「次はない」

レイヴェンは女夢魔の身体に斬りつけた。

赤い血しぶきが飛んだように見えたが――――。千《ち》切《ぎ》れたのは身体に巻き付けた壁だった。

軽い羽毛《うもう》のように周囲に飛び散り、レイヴェンの視界を遮《さえぎ》る。

「また来るわよ。馬鹿《ばか》ねぇ、女は執念《しゅうねん》深いのよ」

女夢魔は高らかに笑い声を残して消えた。

レイヴェンは苦々《にがにが》しい顔で宙を睨《にら》みながら剣を腰に収《おさ》めた。

女夢魔が消えると、部屋の中はまたたく間に通常の空間へと戻った。ねじれた空間から天《てん》井《じょう》が戻り、床《ゆか》が戻り、棚《たな》やベッドも戻っていく。

真夜はあっと悲鳴をあげた。

「レイヴェン！　先生が！」

本物の養護教諭が机の後ろに倒《たお》れていたのだ。

近づこうとする真夜を手で制し、ぐったりと目《め》を閉じる女性のそばにレイヴェンがひざまずいて調べる。見たところ外傷《がいしょう》は何もない。

「気を失っているだけだ。少し……生気《せいき》を吸われているが死ぬことはない」

そのまま放《ほう》っておこうとするレイヴェンに、真夜はせめてソファへ運ぶように指示した。レイヴェンは文句を言わずに従《したが》ったが、その顔つきから、床に寝《ね》ていようとソファだろうと違いはないと思っていることがありありと見て取れた。

「このままにしておいて大丈夫《だいじょうぶ》かしら。なにか処置はしなくても？」

「平気だ。眠っているだけだ。………起こして確かめたいか？」

真夜に再度聞かれてレイヴェンは仕方なく言う。

「ええ。でも、何か覚えているかしら……」

「さあな。それより、こっちはどうするんだ」

レイヴェンが顎《あご》で指したのはもちろんミナトだった。

「忘れてもらうか？」

「え………」

『ここは慎重《しんちょう》に考えた方がいいよ真夜。彼はいろいろ見てしまったからね』

イーサンの声に真夜は唇《くちびる》を噛《か》む。

「ええ……。でも………」

『中途半端《ちゅうとはんぱ》なごまかしでは間に合わないだろうね。説明が必要だよ』

「イーサンの姿も見えているようだしな。何もかも記憶《きおく》から消した方がいいだろう」

「ちょ――ちょっと待ったぁ！」

会話する三人の間にミナトが割りこんだ。

「僕抜きで、僕のこと話してもらいたくないんだけど」

腕組みをして胸を反《そ》らし、鼻息荒《あら》くミナトは言った。

「まずはその人」

　ミナトはぴしっとレイヴェンを指さす。

「昨日のセリフ、興味本位《ほんい》で如月さんに近づくなって、どういう意味。しかも脅《おど》しかけるみたいにさ。一体どういうこと」

「レイヴェン。あなたそんなことを？」

「――さぁ、知らんな」

　しれっととうそぶくレイヴェンに真夜は眉をひそめ、ミナトはすかさず反論《はんろん》した。

「それはうそだ。如月さん、こいつはなんなの？　この人の言うとおり、説明が欲しい。もう無関係じゃないよ。僕にだって関係がある」

　ミナトは「この人」のところで宙《ちゅう》を指さした。真夜には見えないが、そこにイーサンがいるのだ。真夜には声しか聞こえないイーサンを、ミナトはなぜかその姿まで見ることができるのだ。普通の人みたいと言えるほどはっきりと。

　真夜は身のうちにわき起こる色々な感情につかの間目《ま》を閉じた。

　開いたときには覚悟《かくご》を決めていた。

「関《かか》わらないで欲しいのは本当だけど。……決めたわ。あなたに全部説明する」

そして一時間後、折束ミナトは如月家の玄関《げんかん》に立っていた。

「はじめまして。僕、如月さんの友人の折束ミナトといいます。校内誌の記事のことでイギリスの話を聞かせてもらいに来ました。あ、これお土産《みやげ》です」

はきはきと喋《しゃべ》り、来る途中で買い求めた和菓子を差し出した。

受けとる真夜の祖母の花江は、ただただ目を丸くし、真夜が初めて連れてきた友人を見ていた。

第五章　秘密

「わたしが初めて変だ、ということに気づいたのは、イーサンと暮らし始めてしばらくたってからのことだったわ。飼っていた動物が次々と死んでいったの。それ以降もわたしが可愛《かわい》がった近所のペットがたてつづけに死んだりして。周りの人がよそよそしくなって……結局一年ぐらいでそのアパートは引っ越《こ》すことになったの」

如月家の自分の部屋で、真夜はミナトへ淡々《たんたん》と昔の話を聞かせていた。

何もかもと言っても真夜はこんな昔のことまで話すつもりはなかった。ただ事実関係として、レイヴェンが「混沌《こんとん》の夜」という世界から来た魔物《まもの》だということ。イーサンは死後、自分の守《しゅ》護霊《ごれい》となったことを、それなりに説明するだけのつもりだった。

にわかには信じがたいことばかりだが、こうしてイーサンが見え、混沌の夜の魔物との戦いも体験したミナトならば、理解するだろうと思っていた。

事実ミナトはそれらの説明をすんなりと受け止めた。だが、それだけでは全《まった》く足りないとも言ったのだ。

ミナトは口の重い真夜に根気《こんき》強く質問を続けて、ついにイーサンの葬式《そうしき》の日にレイヴェンと契約《けいやく》を結んだことや、真夜のそれまでの生《お》い立ちなどを語らせるに至《いた》った。そして左手の包帯の秘密もだ。

ちなみにレイヴェンはこの場にはいない。説明などかったるいと早々《そうそう》に姿を消したのだ。

「じゃあ、引っ越したのは、噂《うわさ》とかされていづらくなったからなんだ」

「ええ。わたしは小さすぎて、そのときには分からなかったけど。そういうことよね、イーサン」

真夜は自分の隣《となり》の見えない叔父《おじ》に話しかけた。レイヴェンと違ってミナトは聞けばすぐにイーサンの様子を教えてくれるので、今どこにいるのかも分かる。

『まあ、嫌《いや》がらせとかあったわけじゃなかったけど、先手《せんて》を打ってね。どのみち昔のアパートじゃ、君と暮らすには狭《せま》すぎたし、通学にも不便だったよ』

イーサンの声は生きているときと同じように優《やさ》しく穏《おだ》やかだった。

目をつぶれば、そこにイーサンがいることを感じられる。まるで生きているかのように。

ミナトによれば、イーサンは今、薄《うす》い青色のセーターにくたびれたジャケットを着ているらしい。それを聞いたとき真夜は泣きそうになった。イーサンのお気に入りの服だ。気を利《き》かせて真夜がアイロンを掛《か》けてやっても、すぐによれよれにしてしまうのだ。

ミナトは叔父さんってハンサムだよねと言った。そのとおり、イーサンは顔立ちはよいのに、服装に気をつかわなかった。それでいてなぜか女性にはもてていた。ほっておけないタイプらしい。付き合った女性も幾人《いくにん》かいて、たいていは世話焼きで押しの強いタイプだったが結婚《けっこん》には至らなかった。イーサンが彼女たちよりも真夜を優先《ゆうせん》することが多かったからだ。

最後の恋人《こいびと》となったアンジェラも、そのことで次第《しだい》に真夜のことをうっとうしく感じていたのだろう。イーサンが亡《な》くなる前にはたびたび喧嘩《けんか》をしていた。それでも……彼女がイーサンを愛していたことは事実だ。葬式のときには目を真っ赤に腫《は》らしていた。ろくに眠らずに食事もしていないと一目《ひとめ》で分かった。

葬儀《そうぎ》にかけつけた人の多さからでも分かる。イーサンは愛されていた。多くの人に愛されていた。それなのに……。

どうしてイーサンが死んで、自分が生き残っているのだろうか。

「ねえ、お母さんと暮らしていたときはどうだったの。ペットはいなかった？」

ミナトの言葉に真夜ははっと我にかえった。

「母と暮らしているとき？　……いいえ、ペットはいなかった。でもときどきすごく大きな犬と遊んだ気がする。庭のある家で、すごく大きな家で……」

真夜は助けを求めるようにイーサンのいるあたりを見つめた。

『それはリッジ家で飼っていた犬だよ。よく覚えていたね』

やわらかい声音《こわね》は、イーサンの苦笑《くしよう》混じりの笑顔をありありと思い出させた。

『あの犬は、死んでいない。真夜たちが家を出るときに、田舎《いなか》の牧場にもらわれていったよ』

「家を出るって？」

『……真夜とお義姉《ねえ》さんは、事故のあったあと、二人で小さなメゾネットに移ったんだ。それまで住んでいたリッジ家は、田舎のハウスだったからね。母親と赤ん坊《ぼう》が暮らすには不便すぎたし……事故のせいで家の半分は補修《ほしゆう》工事が必要だったたし。なにより僕が家に住むのを許可しなかったんだ。父が死んで、法律上家は僕が相続したことになっていたからね』

「ちょっと待って下さい。許可しなかったって……追い出したって意味にとれますけど……」

ミナトが不思議そうに尋《たず》ねた。真夜のことを思うイーサンが、そんなひどい仕打ちをするとは理解に苦しむ。

『うん……対外的には追い出したように見せた。辛《つら》い思い出のある家に住んで欲しくなかったからね』

「……リッジ家の親戚《しんせき》の人が、何か言うからだったのね」

真夜がもらした言葉に、ミナトはどういうことなのと二人を見た。

イーサンは、自慢《じまん》にもならないけどと前置いて、リッジ家がその地方の一番の有力者であったことを話した。真夜には祖父に当たるイーサンの父ハワードは、一代限りのナイト爵位《しゃくい》を英国女王から授《さず》けられた名士《めいし》であり、一族中の尊敬《そんけい》を受けていた。そのため跡継《あとつ》ぎである長男サイモンが、生粋《きっすい》の英国人ではなく日本人の血の入った娘《むすめ》と結婚を決めたときは、かなり激しい抗議《こうぎ》をうけたという。

それが、ハワードの「賛成《さんせい》」の一言でピタリとやんだ。曰《いわ》く、実際に真夜の母親に会って、一目で気に入ったというのだ。リッジ家を取り巻く親類縁者《えんじゃ》にとってハワードの言葉は絶対であった。

『けどね、心情的にはそう簡単に受け入れられるものじゃない。お義姉さんは素晴《すば》らしい人だったけど、リッジ家の一族に受け入れられようとして苦労してたよ。リッジ家の嫁《よめ》として必要以上に立派に振《ふ》る舞《ま》うように求められて、少しでもミスをすれば、それみたことかとなじられた』

「ママ……母が財産目当ての嫁だって陰口《かげぐち》を叩《たた》かれていたのは、わたしもあとになって知ったわ。パパたちが死んだ事故のあと、あのまま家に残っていれば、やっぱりお金が目当てと言われたんでしょうね」

「あ──、かと言って家を出たら、今度は嫁の自覚がないとかなんとか？」

ミナトの言葉にイーサンは飲みこみが早いねとうなずいた。

『古い家柄《いえがら》ってそういうものだろ。要するに何をしても周りは気にくわなかったんだ。だから僕が所有者の権利を押し出して、表向きはお義姉さんと真夜を家から追い出すような形にしたんだ。あんな家に、二人を住まわせておくわけにはいかなかったっ！』

突然のイーサンの激しい口調に真夜は驚《おどろ》いた。生前も滅多《めった》に怒《おこ》ることのなかったイーサンなのだ。彼の表情が見えるミナトは真夜よりも驚いていた。今のイーサンは怒《いか》りを通り越し、ほとんど家を憎《にく》んでいるかのようだったのだ。そこでミナトははいと手を上げた。

「あのー質問。あんまり話したくないとは思うんだけど、如月さんの家族って、何が原因で亡くなったの？」

「母は私が五歳のときに車で事故に遭《あ》って。父と祖父と姉は、生まれてすぐのガスの爆発《ばくはつ》事故だって聞いたけれど。古い家だったから配管《はいかん》が良くなくって。そうよねイーサン」

『ああ……そうだよ』

「如月さんとお母さんは、別の場所にいたの？」

真夜はスッと表情を殺した。この質問をされる度《たび》に胸が重くなる。

「いいえ。一緒《いっしょ》の家にいたわ……」

一緒にいたのに、どうして自分だけが生き残ってしまったのだろう。どうしてみんな死んでしまったのだろう。一緒のゆりかごに寝ていたはずの双子《ふたご》の姉まで……。

「それじゃあ運が良かったんだね如月さんとお母さん。よかったよね、ふたりで助かって」

「……ふたりで、よかった――？」

真夜は本気で意味が分からなくて聞いた。あなた達だけでも生き残って良かったねとは何度も言われたけれど、ミナトの言葉はそういう意味合いとは違《ちが》うように聞こえた。

「えとー、ふたりだったら助け合えるからって思ったんだけど。ごめん、五歳のときにお母さんも亡くなったんだよね。……ただ、如月さんがいてくれたこと、お母さんはすごく感謝したと思うよ。そのときの状況《じょうきょう》、僕は全然わからないけど、助けようとしたんじゃないのかな、赤ちゃんふたりとも」

ミナトは力をこめて話した。喋《しゃべ》る言葉とは裏腹《うらはら》に、心の中では辻褄《つじつま》の合わない事柄《ことがら》に必死に自分なりの推理を当てはめていく。たぶん真朝《まあさ》もこの時助けられたのだ。けれど真朝の話したとおり怪我《けが》をした母親はどちらか一人しか育てられなかった。イーサンもそのことを真夜に教えたくなくて隠《かく》しているのだろう。

しかし、双子《ふたご》の姉が生きていることを教えれば、真夜の苦しみは半減されるはずだ。なぜ言わないのだろう？　――そう思ったのに。

なぜか、ミナトも真朝のことを口にできなかった。それどころか真朝のことは記憶《きおく》の棚《たな》からも滑《すべ》り落ち、やがて見えなくなってしまった。

「――だけど、一人しか助けられなくてすごく悔《く》やんだと思うけど、たぶん一人だけでも助けられて良かったって、思ったと思う。……なんか如月さん、自分が助かったことを辛《つら》く思ってる顔してたからさ」

自分の心を見透《みす》かされていたと知り、真夜は小さく息をのんだ。

『真夜、彼の言うことは当たってるよ。お義姉さんは、先に逃《に》げることもできたけど、最初の爆発のあったあと、離れた部屋で寝ていたきみたちを助けようとして怪我《けが》を負ったんだ。病院で気づいたときにはてっきり全員死んでしまったと半狂乱《はんきょうらん》になってて、僕が真夜は無事だよって言って、やっと落ちついたんだ。もしも真夜がいなかったら、お義姉さんはあのまま死んでいたと思う。生きる気力を失ってね』

「……ママは、時々言ってたわ。死んでしまった姉の分もわたしのことを愛《いと》おしむって。パパを亡くして、姉も亡くして、ママは可哀相《かわいそう》なんだと思っていた」

『それは違う』「全然違うよ」

イーサンとミナトがほぼ同時に言った。イーサンがどうぞと譲《ゆず》り、ミナトが話した。

「如月さんの存在は、ぜったいお母さんを幸せにしていたと思う」

『そうだよ真夜。お義姉さんはよく言ってた。真夜が助けてくれるって。悲しいことが沢山《たくさん》あったけれど、真夜と一緒なら乗り越《こ》えられるって』

「ママは、不幸なだけじゃなかった……？」

「あったり前だよ〜」

おそるおそる聞く真夜にミナトは即答《そくとう》した。聞くまでもないという風《ふう》に。

真夜はその言葉を噛《か》みしめるように目をつむった。

ミナトはさらにイーサンに尋ねた。

「こういうことご本人に聞くのも変ですけど、あなたはどうして亡《な》くなったんですか？」

『僕は……列車の事故だよ。田舎を旅行中に列車にトレーラーが突《つ》っこんできてね』

「旅行？　如月さんも一緒だったんですか？」

『いや、幸《さいわ》い僕一人でいるときだった。……事故の詳細《しょうさい》を聞くと気分が悪くなると思うから言わないけどね』

イーサンがニヤリと笑うと、ミナトは過去に見た交通事故死者のグロテスクな写真を思い出し、急いでコクコクと頷《うなず》いた。

自分が死ぬと悟《さと》ったときに、イーサンは真夜の行く末を激《はげ》しく心配したと言った。そして気が付いたら真夜の守護霊《しゅごれい》となっていたと言った。

『僕はけっこう気に入っているんだよ、これ。まあ、真夜にとっては口うるさい叔父《おじ》さんがずーっと貼《は》り付いてるわけだから……困《こま》っちゃうかもしれないけどね』

真夜は、困ることなどないと主張し、イーサンは今のところはねと笑った。そこへ部屋の外から声が掛《か》けられた。

「真夜ちゃん、夕食のお買い物に行ってくるけれど、お友だちは食べていかれるかしら？」

花江の言葉にミナトは時計を見てあっと声をあげた。五時を回っていた。

「うわ、もうこんな時間だ。僕、もう帰りますから。すみません」

慌《あわ》ただしく挨拶《あいさつ》をして、ミナトは如月家の玄関《げんかん》に向かった。すぐに真夜が追ってくる。この辺りの路地《ろじ》は入りくんでいるので、ミナトを駅まで送るためだった。

「すっかり暗くなっちゃったなあ」

ミナトは家の外へ出るとうーんと背伸《せの》びして歩き出した。真夜がその隣《となり》を歩く。左手の袖《そで》からは夕闇《ゆうやみ》にもくっきりと浮《う》かぶ白い包帯。レイヴェンと契約《けいやく》をしたときにその印として刻まれた薔薇《ばら》の痣《あざ》を隠《かく》すために巻いていると言った。

「タトゥーのように見えるでしょ。知ったらきっとおばあさまは卒倒《そっとう》しちゃうもの」

学校の先生たちも卒倒するだろうねと、そのときミナトもうなずいた。それでも包帯はやはり痛々《いたいた》しい。その下に別の傷を想像させてしまう。

「時間を取らせてごめんなさい」

「なんで。謝《あやま》るところじゃないよ？　知りたいって言ったのはこっちだし」

「でも……お家《うち》の人に連絡《れんらく》しなくてもいいの？」

「ああ、それは平気。うちは共働きで、こんな時間に帰っても誰《だれ》もいないしね」

「そうなの？」

　ミナトは念のために携帯《けいたい》を取り出し、履歴《りれき》をチェックした。やはり友だちからのメールしか来ていない。それも大《たい》した用事ではないので返事は後回しにした。

「あーあ、ご飯《はん》ご馳走《ちそう》になっちゃえば良かったかなあ。如月さんちのご飯、美味《おい》しそうだもん。うちの母さん、料理とか滅多《めった》に作らないし、作ってもあんま美味《おい》しくないしね」

　真夜はなんと応《こた》えればよいのか分からずに沈黙《ちんもく》した。

「って、ごめん。別にご飯に呼んでって意味じゃなくね。でも……そうだなあ。また話を聞かせてもらってもいいかな。今日は如月さんの小さいときの話は色々聞いたけど、肝心《かんじん》の混沌《こんとん》の夜の世界とか魔物《まもの》のこととか、まだよく分からないところが多いし」

「それは大丈夫だと思うけど。……気味《きみ》が悪くはないの？」

「なにが？」

「……わたし、魔物と契約しているのよ。死んだ人と話をしているのよ」

「うん。でも僕もその幽霊《ゆうれい》が見えるし、話もできるよ」

ミナトの返事に、真夜はあっという顔をした。

「まあ、とりあえずさ。如月さんと僕は友だちね。僕はイーサンの姿が見えるし、一緒《いっしょ》にいて話していれば、独《ひと》り言《ごと》って言われないよ」

くったくのない笑顔を向けられて、真夜は何とも言えない顔をした。

「……………あなた、変わっているのね」

「アー。それはよく言われる。けど、如月さんに言われるとは思わなかった」

「ごめんなさい」

自分も変わり者と言われている真夜は素直《すなお》に謝った。すかさずミナトは言った。

「それ禁止ね。謝るの。友だちだから、謝られるよりお礼言われるほうがいいな」

真夜はわずかに目元を和《なご》ませ、静かに「ありがとう」とささやいた。

駅までの大通りに出ると、ミナトはここまででいいからと手を振って帰った。真夜はかなり長い間その後ろ姿を見送った。

＊　＊

「あらぁ偶然《ぐうぜん》♪　みっなっとくぅ～ん」

駅前の広場が見えてきたところでミナトは後ろから背中をつつかれた。

振りかえると、ピンクのフリルだらけの日傘《ひがさ》の下から、くるくると巻いた金髪をのぞかせる見知らぬ少女がいた。

一瞬《いっしゅん》で記憶のスイッチが入り、真朝だと思い出した。

昨日会ったときとはまた違う、フリルだらけの人形が着そうなドレスを着ている。

「やあ。……あの、傘《かさ》どうしたの？」

他人の服装にはわりあい無頓着《むとんちゃく》なミナトだったが、さすがにこれは聞いた。今は秋の夕方で、日傘をさす状況《じょうきょう》からはかけ離れている。

「だって、日傘は雨が降ってないときに使うものでしょー？　間違ってないわよーう」

真朝はこともなげに言うと、くるくると傘を回した。大げさに付けられたフリルも一緒に踊《おど》った。よく見るとピンクの生地《きじ》にはラファエロの子供の天使がプリントされていた。

女の子の好きなお洒落《しゃれ》はよく分からないなと思いつつ、ミナトは話を続けた。

「さっきまで如月さんの家に行っていたんだ。昔の話を一杯《いっぱい》聞いてきた。……ひょっとして、真朝さんも如月さんの家を見に行ってた？」

「ええ、そぅよ。でもばれちゃわないように、遠くからちょーっとだけ♪　真夜は私に気づかないでしょうけどぉ、あの子には勘《かん》の鋭《するど》い人がついているものねー」

唇《くちびる》に指を押し当ててやっかいなのよと言う真朝に、ミナトははっと閃《ひらめ》いた。

「ねえ、昨日……礼拝堂で猫《ねこ》の幽霊の話をしたよね。もしかして人間の幽霊も見えたりする？」

「見えるわよ」

真朝はあっさりうなずき、逆に聞き返してきた。

「わざわざ幽霊の話をするなんてぇ、ひょっとして、イーサン叔父《おじ》さまのこと？」

「うわっ、やっぱり見えるんだ！」

真朝はにっこりと微笑《ほほえ》んだ。

「もっちろーん♪　聞かされなかったの？　リッジ家ってね、代々強い霊力の持ち主が現れやすい家系なのよ。昔は魔女の家って言われていたのよ。叔父さまが守護霊になったのだって、その力が関係しているはずだと思うわっ。でも、ミナトも見えるタイプだったのね」

「僕は……なんだろ。突然《とつぜん》急にっていうか……」

「ふぅん。真夜に影響《えいきょう》されたのかもね♪」

真朝はふふふと笑ってミナトの額をちょんちょんとつついた。

「ねっ、昔の話って何を聞いてきたの？　わたしたちが離ればなれになったきっかけについては何か言っていた？　つまりわたしが死んじゃってることになってる事故のこと」

「うん。ガスの事故だって言ってたよ。家が壊《こわ》れちゃうような事故で、お母さんも怪我《けが》をしたって」

「お父さまやお祖父《じい》さまのことは？　それからわたしのことは？」

ミナトはあれっと首をひねった。考えてみればそのあたりの詳《くわ》しいことは聞いていなかった。

「ごめん。聞いていない……。真朝さんのことも、あんまり話題に上らなくて……。たぶん、辛《つら》くて話したくないんだと思うよ」

「そぉ……。わたしの育ての親も詳しく話してくれないの。イーサン叔父さまなら全部知っているはずなのに」

しゅんとうつむく真朝が可哀相《かわいそう》で、ミナトはなにがなんでも力を貸《か》したくなった。

「何でだろう、ここで会うまで真朝さんのことすっかり頭から抜けてて。詳《くわ》しく聞くのを忘れてた。ごめん。今度また遊びに行く約束をしたから、その時にはもっと沢山《たくさん》聞けると思う」

「やぁねえ、ミナトほんとうに真面目《まじめ》。わたしのことは、頭から抜けてていーの☆　まだ誰にも内緒《ないしょ》にしておきたいもの。下手に話題に出すと、分かっちゃうでしょ？　ね、ミナトからはわたしの話題を出さないって約束ね♪」

真朝はぐいと身を乗り出すと、素速《すばや》くミナトの頬《ほお》にキスをした。

「うわぁぁ。ま、またー真朝さんは〜〜」

真っ赤になりながらも、まんざらでもなさそうにミナトは抗議《こうぎ》する。真朝はケラケラと笑った。

「あのさ真朝さん、もしこのあと時間あるならちょっと寄り道していかないかな。事故のこと、調べられると思うんだ。それに如月さんのことで話さなきゃいけないこともあるし」

真朝は二つ返事でOKをした。

ミナトが向かったのは電車で二つの自分の家の最寄《もよ》り駅だった。

改札を出て少し歩いて真朝を連れて行ったのは、駅前にできたばかりのネットカフェだった。自動ドアが開いてミナトが店に入ったとたん、レジにいた若い店員が「よう」と気さくに声をかけてくる。

「こんちわー村瀬《むらせ》先輩《せんぱい》。今日は二人なんだ。二時間パックでペア席空《あ》いてる？ ……どしたの」

ミナトは会員カードを提示し、中学時代の先輩の村瀬が目を丸くして固まっていることに気づいた。と、ミナトはレジのカウンター越《ご》しに村瀬に肩を捕《つか》まれ引き寄せられた。

「なになに連れのベリキュートなお嬢様《じょうさま》っ。マジ外人じゃん。おまえどこで知り合ったのよ。まさか彼女⁉」

「ブブー。大ハズレです。お友だち。ちょっと調べものしたいって言うから手伝うだけ」

「へーほー。さすがいい高校行くと英語もぺらぺらになるのかあ」

「……彼女、日本語喋《しゃべ》れるよ」

「あーこっち長いのか」

村瀬はミナトのカードを受けとると、機械にピッとバーコードを読み取らせて、吐《は》き出された伝票とともに返した。

「はいよ。ペアシート、空いてるとこにどうぞ」

「ありがとう」

ミナトは帰りに提示する伝票を受けとり、真朝にうなずくと奥のテーブルを目指した。

「そういえば如月さんもそうだったけど、真朝さんも日本語ペラペラだよね。二人とも頭良《い》いなあ。がんばって勉強したんだね」

すると真朝は声をあげて笑った。

「勉強なんてするわけないでしょー。わたしたちは、望めば解《わか》っちゃうんだから。あぁ、真夜は分かんないわねぇ、あの子真面目っぽいもの♪」

真朝の言う意味が分からず、きょとんとするミナトの目の前でパンと手が打ち合わされた。

「はい、今わたしはなんて言ったでしょう」

「えっ……………あれ？」

ミナトはコンピュータのある二人掛《が》けの席の前で首をひねった。自分がなにか言って、真朝がそれに答えたと思ったが……それが何だったか欠片《かけら》も思い出せない。

「いいのいいの♪　細かいことは気にしなーい♪　それで、コレどうするの？」

真朝はすました顔で隣《となり》の椅子《いす》に座り、コンピュータの画面とミナトを見比《みくら》べている。

「――あ、そうそう、それでね、こういう検索《けんさく》サイトに言葉を入れてひっかかるページを探《さが》すんだ」

ミナトはすっかり自分の質問を忘れ去り、席に着くと慣《な》れた手つきでキーボードに触《ふ》れた。

「まーあ、これで昔起きたことが分かるの？　便利ねえ」

「うん。……十五年前、イギリス……あとキーワードは双子とか家名とか……」

いくつか単語を並べてミナトは関連するページを探してまわった。何度か言葉を入れ替《か》えて試《ため》したがかんばしくなく、ミナトは唸《うな》った。

「んーん、日本語だとヒットはないなあ。あんまり得意じゃないけど英語にするかぁ。あ、そうか地元の新聞のデータベース……」

ぶつぶつと独り言を言い、ミナトはイギリスで発行されている新聞名を入れ、その中から過去二十年分をデータベースとして持っている新聞社を見つけた。しかしまたすぐに失望《しつぼう》の声をあげる。閲覧《えつらん》は有料サービスだったのだ。

「まいったな、中央図書館のがよかったかな。あそこだと英字新聞でも閲覧アカウントあっただろうし。あーもう閉館かぁ。それにあそこの禁句ワードって厳《きび》しいしな……うーん」

「……んもぅ、ミナト！　何話しているのか全っ然分かんないわ！　説明して！」

真朝が怒《おこ》ると、ミナトは素直《すなお》に謝って、昔の新聞を見るには料金がかかることを説明した。

すると彼女はこともなげに「お金が必要なら払《はら》うわよ」とポケットから札束を取り出した。二つ折りで無造作《むぞうさ》に引き出された一万円札は優《ゆう》に二、三十枚はあった。

「うわわっ。ダメダメ違うよ。こういうネットでの支払《しはら》いは現金じゃなくてウェブマネーかクレジットカードなんだ」

「あら……コレ、使えないの。インターネットって便利で不便ね」

真朝はつまらなそうに言うと、また札束をポケットに突《つ》っこんだ。

「使い方が分かっていれば便利だよ。……うーん。おじいさんが有名な人っぽいし、ひょっとすると個人のホームページに何かあるかなあ。……待ってね」

ミナトは英語の検索サイトにアクセスすると、先ほどのキーワードを英語で入れた。そして数秒後。

「やったヒットした！」

ミナトは歓声《かんせい》をあげた。

モニター画面の中に、該当《がいとう》する項目《こうもく》が数十件あると知らせてきたのだった。その中から一つを選んでクリックする。――――現れたページにミナトははげしく後悔《こうかい》した。

「あら、まーあ♪」

真朝は声をあげた。

真っ黒の画面はメニューバーによって上下に分かれていた。下側がメイン記事のページなのだが、その背景にいかにもおどろおどろしい映像がちりばめられていたのだ。瓶《びん》に入った人体の一部や、本物のミイラやらだ。

「うわぁ、グロテスクなの集めてるなあ。ごめんね、こんなページ見せちゃって」

「ううん。これぐらい、なぁんにも気にしないで」

「なんでこんなページで取り扱《あつか》っているのかなあ……」

ミナトはぶつぶつ言いながら、サーチに使った言葉が出てくるまでページを下にスクロールさせた。上側のメニューバーにはここのホームページのタイトルがある。ここはニュースになった怪奇《かいき》事件や猟奇《りょうき》事件を取り扱うホームページだったのだ。

「あった。これじゃない?」

ミナトはサーチ機能で探し出された『リッジ家』の文字を示した。ただしその下にはずらずらと長い英文が並んでいて、とてもでないが簡単には読み下せない。

替わりに真朝が身を乗り出し、じっと画面に見入った。

「あ、写真だ。これ……おじいさんかな？　……ええっ？」

文字を追うことを諦《あきら》めてページに掲載《けいさい》された画像を見ていたミナトは、思わず眉《まゆ》をひそめた。

老人の他《ほか》に、事故の起きたリッジ家の写真もあった。家というよりお屋敷《やしき》と呼んだ方がぴったりなのだが、その家の一部分が激しく壊《こわ》れており、さらにその部分を拡大した写真もあった。

写真の下のキャプションには『これがガス爆発《ばくはつ》!?』の文字。

たしかに首をかしげる状況《じょうきょう》だった。拡大されていたのは窓の写真だったが、残った窓ガラスの一部が明らかに溶《と》けて変形しており、窓枠《まどわく》の真っ黒に炭化《たんか》した木も——まるで粘土《ねんど》をこねたようにいびつに歪《ゆが》んでいたのだ。

「ちょっとごめんね」

ミナトは手早くキーボードをいじった。

「今のは、何をしたの？」

「このページのアドレスをコピーして、僕の家のメールアドレスに送信したんだ。家で翻訳《ほんやく》ソフトと照《て》らし合わせて、じっくり読みたいからさ」

「ふぅん。分かったら、真夜にも教えてあげてね。あの子も本当のことを知りたいでしょうから」

「うん。そのつもりだよ」

生真面目《きまじめ》にうなずくミナトに、真朝はにっこりと微笑《ほほえ》んだ。

そのあとミナトはもうコンピュータをいじることはせず、今日聞いてきた真夜の生《お》い立ちを詳《くわ》しく真朝に話した。

真朝はミナトの話を聞いている間中、ミナトの感情に合わせて、真夜が周囲に疎《うと》まれているところでは怒り、真夜が悩《なや》んでいる話を聞いては深く同情した。

「それからね……まだもう一つ、如月さんにはやっかいなことがあってね。――これは僕が言う権利はないから、本人から聞くのがいいんだけど。彼女はしょっちゅう危険な目に遭《あ》っているんだ。それから守るための護衛《ごえい》のような人も、いるんだけど……。すごく心細いと思うから、真朝さん、できれば早く会ってあげて欲しい。そしたら如月さんも……少しは笑えるかもしれない」

ミナトは真朝に打ち明けた。真夜が転校してきてからもう何ヶ月にもなるが、彼女は今まで一度も笑った顔を見せたことがないのだと。

真朝はしっかりとうなずいた。

「まかせておいてミナト。わたしが必ず、あの子に笑顔を思い出してもらうわ」

その後ミナトは、明日になったら携帯《けいたい》電話を買うと言う真朝に、自分の電話番号とメールアドレスを教えて別れた。

思ったより時間を食ってしまったことに慌《あわ》てながら、ミナトは帰っていき、真朝はその背中が見えなくなるまで、にこにこと笑って手を振った。

やがて……。ミナトの姿が見えなくなると真朝はくるりときびすを返し、またポンと日傘《ひがさ》をさした。

「いやあね、やぁね〜〜♪　甘《あま》えん坊《ぼう》って大っ嫌《きら》ぁーいー☆」

スキップするように歩きながら真朝は歌った。

「あれっくらいのことで、笑えないんですってー。なーんて甘えん坊かっしっらっ」

道行く人々が真朝の目立つ格好《かっこう》をぎょっとして見ていくが、当人はすこしも気にするようすはない。

「しかもまーだ思い出さないしぃ。許さなーい☆　一人だけ忘れてるなんて許さな〜〜い♪　うふふ。バービーちゃんに言って、もうちょっと懲《こ》らしめてもらわないとぉ♪」

ピンク色の日傘をくるくると回しながら歩く真朝は、上機嫌《じょうきげん》に鼻歌を歌うようだった。

「ねえ、マーヤ。あなただけぬくぬくと生きるなんて、許さないわよぅ」

その夜、レイヴェンの作る空間で、イーサンは夕方のようすを同席しなかった黒い騎士《きし》に話して聞かせていた。その間中レイヴェンはずっと仏頂面《ぶっちょうづら》で、イーサンはつい笑った。

『よっぽど面白《おもしろ》くないみたいだね。あの男の子は真夜に必要だよ。人として生きるためには』

レイヴェンはふんと鼻を鳴らした。

「……まぁ、いい。容認《ようにん》しよう。ペットの替わりと思えばいいことだ。それより、おまえのほうは何時《いつ》まで真実を隠《かく》し続けるつもりだ？　ガスの爆発だって？　母親やお前の死の原因も不幸な交通事故——？」

『まだダメだよ。真夜にはまだすべて受け止める準備ができていない。あの子が傷つくのは嫌《いや》だ』

「準備ができていようといまいと、どのみち真実を知れば傷つく。だが、それで負ける弱い娘《むすめ》ではない」

『……だとしても、もう少し先だ……』

「この頃《ころ》、魔物の動きがうるさい。連日真夜は襲《おそ》われている」

『ああ。今日のスクブスの後ろには大物《おおもの》が隠れていそうだ』

「俺が言いたいのは、残りの時間が無限にあるとは思うなということだ」

その言葉に、イーサンは沈痛《ちんつう》な面持《おもも》ちでうなずいた。

同じ夜、真夜はベッドに入るときに、ある言葉を繰《く》り返した。

（わたしがいて、ママは幸せだった……）

繰り返すたびに、ほのかな暖かさが胸に広がった。

だれかの役に立った。母親の笑顔の元になっていたかもしれない。

自分が生きていることに、少し意味があるように思えてきた。

真夜は久しぶりに安らいだ気持ちで眠りに就《つ》いた。

けれど夢は――――。

正反対の冷たさで真夜を迎《むか》えた。

怖《こわ》い。寒い。不安が全身をおおう。

いつの間にか裸《はだか》になっていた。

切り刻まれた柔《やわ》らかい服がゆりかごの中に残されている。

そこにいるもう一人の自分と目が合う。

口が大きく開けられ、声をあげずに泣いているのが分かる。

自分に向かって指を伸《の》ばそうとしている。

それに触《ふ》れたくて自分も手を伸ばしたがとうてい届かなかった。

「暴《あば》れるな」

錆《さ》びた声が言った。

慎重《しんちょう》に自分を抱《だ》きあげる手の持ち主だった。

突然《とつぜん》、身体《からだ》が水に浸《つ》かった。

優《やさ》しい手がいつも入れてくれる温《あたた》かなお湯ではない。生温《なまぬる》く、ねっとりとする水だった。

錆びた声がブツブツと何か言いながら、もう一度水につけた。

水が口の中に入る。知らない味だ。

嫌な匂《にお》いがして、嫌な味がして咳《せ》きこむようにして吐《は》き出した。

それでも構《かま》わずにもう一度。

手足を突《つ》っ張って抗議《こうぎ》をすると、ようやく別の場所に寝かされた。

ばたつかせた手が目に入った。濡《ぬ》れた手は真っ赤だった。

錆びた声の男の手がおなかに触れた。

「まずはお前からだ。完全なる調和の力のために……」

もう一方の手にはペンが握《にぎ》られていた。鋭《するど》く下がったペン先が身体に食いこむ。

痛さに悲鳴をあげた。泣きわめいた。

けれど喉《のど》から声は出ない。封《ふう》じられているのだ。

その間も錆びた声は何かを囁《ささや》いていた。
歌のような節《ふし》をつけて、ずっと。
その言葉は失われた古代の言葉だった。
けれど、今の真夜には分かった。
男はずっとこう囁いていたのだ。
——来たれ獣《けもの》よ我が元へ——。

第六章　真実は罠《わな》に

その朝、ミナトは憂鬱《ゆううつ》な気分で学校へ向かった。

三時すぎまでコンピュータをいじっていたせいで目が赤い。軽い頭痛もある。けれど憂鬱の原因はそのせいではなかった。鞄《かばん》の中には迷った末に持ってきたプリントアウトした紙の束《たば》。そこに印刷された、あまりにも重い内容のためだった。

昨日、真朝《まあさ》のために調べたネットのページを、ミナトは自分で言ったとおり翻訳《ほんやく》ソフトを使い、家でじっくりと読み直した。

そして知ってしまったのだ。なぜ十五年前の事件が、「ナイト爵位《しゃくい》のリッジ家の呪《のろ》い（一家五人死亡）」などとタイトルを付けられて怪奇《かいき》事件を扱《あつか》うホームページに掲載《けいさい》されていたのか。あの事件は本当のところイーサンの言うような単純なガス爆発《ばくはつ》では片づけられない、謎《なぞ》だらけの事件だったのだ。

そこの記述《きじゅつ》から、ミナトは明かされなかった真実をいくつも知った。同時にかつて無いほど逡巡《しゅんじゅん》した。

「よっ、ミナトおはよう。なに暗い顔してんだよ。包帯ちゃんにふられた？」

生徒でいっぱいの通学路でミナトは顔見知りに肩《かた》を叩《たた》かれた。

「あーおはよう前原《まえはら》。包帯ちゃんじゃなくて如月《きさらぎ》さんって言いなよ。ついでに彼女とはいたって良好《りょうこう》なお友だちだよ」

ミナトのなおざりな言葉に、男子生徒はつまらなそうに離《はな》れていく。他《ほか》にも何人かと挨拶《あいさつ》を交《か》わしたが、その間もミナトはずっと悩《なや》んでいた。

知ったことを真夜《まや》に言うべきか、言わざるべきか。

真実を探《さが》していたミナトとしては、真夜も自分と同じように知るべきだと思う。しかし……知ったあとの真夜の気持ちを思うならば……真実は伏《ふ》せておいた方がいい。イーサンもそう考えて口を噤《つぐ》んでいるのだろう。

そう思いつつも、鞄の中にはプリントアウトした用紙が入っていた。真夜にはともかくイーサンに、ここに書かれていることを確かめてみたかったのだ。

最初にリッジ家で三人が亡《な》くなった事故に、人外《じんがい》の力がどこまで関《かか》わっているのか。

そこまで考えて、ミナトは唐突《とうとつ》に立ち止まった。

（――あれ、三人？　事故で亡くなったのは三人……。如月さんの祖父《そふ》と父親と――もうその場でもう一度印字《いんじ》した紙を読み直そうと鞄を開けたとき、ミナトの携帯《けいたい》が鳴った。

「はい、もしもし？　……あぁ真朝さん――」

軽《かろ》やかな少女の声が聞こえたとたん、ミナトの頭から違和感《いわかん》は消えた。正しい知識がよみがえる。真夜の双子《ふたご》の姉の真朝は生きている。死んでなどいないのだと。

「うん……。よく読んだよ、あのページのこと。言おうかどうか、迷ってるけど……えっ。ああ、そうだね。やっぱり言うべきだよね。うん、辛《つら》くても真実だもんね。分かったよ。ありがとう」

ミナトは、迷う背中を押してくれたと礼を言って携帯を切った。

『真実は知らなくちゃ。目を背《そむ》けても追ってくる、あの子の運命だもの』

この真朝の言葉はなによりも正しいと思えた。だれでも、真実は知るべきだと。


この日、真夜は朝から続く軽い頭痛に悩まされていた。

「如月さん。これを読んで欲しいんだ」

昼休みミナトがやってきてそう言ったときも、無意識に頭に手を当てていた。

頭痛は今朝見たおかしな夢のせいだ。起きたとたん、夢の大部分を忘れてしまったが、とても怖《こわ》い夢だったのは覚えている。なにか昔見たホラー映画の一場面のような印象が残る。年老いた男が出てきて、血まみれの手で部屋に立っているのだ。

真夜はそのことをイーサンにも言えなかったのに、ふしぎとミナトには話すつもりでいた。こんな映画かなにかを知っているかと聞こうと思っていたのだ。

しかし、いざやってきたミナトの顔を見て、その言葉は引っ込んだ。ミナトは、この数日で見た中でも一番思い詰《つ》めた表情をしていたからだ。

「なにかしら」

「読めば、分かるよ」

差し出されたのは数枚の紙の束だった。

「ミナト〜、ラブレター大量じゃん」

すかさず教室の男子生徒たちがからかう。近くの席のものはわざわざ立ちあがってミナトの手元をのぞき込んだが、すぐに「なーんだ」と席に戻った。紙に印字されているのはすべて英語だった。学校で見せる場合、他人の目に触《ふ》れる確率《かくりつ》も高いと考えて、ミナトは原文をプリントしてきたのだ。

真夜はいぶかしく思いつつそれを受けとった。

見出しを見たとたん、はっと身体をこわばらせる。

「ナイト爵位のリッジ家の呪い（一家五人死亡）」

真夜の視線が紙の上をすばやくすべり、「警察《けいさつ》の公式見解《けんかい》」「存在しない業者」「歪《ゆが》んだ窓!?」「第四の死」といった強調された文字を拾《ひろ》っていく。

そして――――写真。「第四の死」に添《そ》えられた写真。

それが母マリアの死んだ事故車を写したものだとすぐに分かった。大破《たいは》した車の窓。ガラスの一部が溶《と》けてゆがんでいた。写真の中に丸く囲《かこ》まれた部分。小さな跡《あと》がついている。まるで、子供が粘土《ねんど》に押し当てた手の跡のように見える、くぼみ。

『ダメだ。読むな、真夜――――!』

教室に突風《とっぷう》が吹《ふ》いた。

生徒たちがきゃーっと悲鳴をあげ、プリントした紙も真夜の手から飛んだ。風にくるくると舞《ま》い上がり床《ゆか》に落ちる。

「イーサン?」

髪《かみ》を押さえながら真夜は今し方聞こえた声の主である自分の守護霊《しゅごれい》を捜《さが》す。もちろん見えはしないが、声は聞こえると思っていた。しかし何の返事もない。かわりに、離れた所へ飛んだ紙を拾っていたミナトが、顔をあげてこちらを見てにこりと笑った。

「ごめん、急用思い出したから、またあとでね、如月さん」

バイバイと手を振《ふ》るミナトに真夜はイーサンが一緒《いっしょ》にいると直感した。あわてて席を立ちあとを追おうとした目の前に、天井《てんじょう》に貼《は》り付いていた紙の一枚が遅《おく》れて落ちてきた。

真夜は反射的に紙に手を伸《の》ばし、それを見つめて眉《まゆ》をひそめた。

「白紙…………?」

ミナトの渡《わた》した中に余分《よぶん》の白紙が交ざっていたのだろうか。それとも……。

真夜は真偽《しんぎ》を確かめようと紙を持ったまま廊下《ろうか》に出た。しかしミナトの姿はもうどこにも見えなかった。

一方ミナトはイーサンとともに屋上へと来ていた。

少しつめたい風が吹く中で、他の生徒たちから少し離れた場所にミナトは立った。

隣《となり》には自分にしか見えないイーサンの姿がある。顔つきはとても厳《きび》しい。ミナトは腹に力を入れて負けないように喋《しゃべ》った。

「隠《かく》すんですか。真実を如月さんの目から」

白い紙を手にして言う。先ほど教室で拾った、確かに英字の印刷されていた紙だ。

『真実――?　そこに書いてあったのが真実だと思うのかい』

「幾分《いくぶん》かは、あると思います。あの場にだれがいて、だれが如月さんを助けたのかとかも。僕は真実は知るためにあると思います」

ミナトはまっすぐにイーサンを見つめ、頑《かたく》なに告げた。しばしにらみ合いが続いたが――やがてイーサンの方が疲《つか》れた表情を見せた。

『そこに何が書かれていた？』

「日本語、読めますか」

ミナトはポケットからもう一つ別の紙の束を取り出した。翻訳《ほんやく》ソフトを使い日本語に訳《やく》したものだった。

『読めるよ。――というか、分かる。混沌《こんとん》の夜に付随《ふずい》する力のおかげでね』

ミナトはその言葉になにか既視《きし》感を覚えつつ、イーサンに見せるように紙を掲《かか》げて一枚ずつめくりはじめた。そこには、掲載《けいさい》していたネットのページどおりの内容が印字されていた。


「ナイト爵位《しゃくい》のリッジ家の呪《のろ》い」

警察や新聞などの公式見解では、リッジ家の赤ん坊を含《ふく》む三人の死者は「古い屋敷《やしき》ゆえのガス漏《も》れ事故」ということでかたがついていた。

事件現場となったリッジ家の屋敷は、ヨーク郊外《こうがい》に十八世紀に建てられた貴族のカントリーハウスで、一九世紀末にリッジ家が移り住んだ。何度か改修が行われたが、もとの建物を損《そこ》なうことを嫌《きら》い、近代的設備は最低限に止《とど》めておかれ、電気ガスなどの設備は五十年前のものをそのまま使用していた。

しかし跡《あと》取り夫妻に子供が生まれ、全面的な改修を計画した矢先に事件は起きた。

警察の見解では、事件の起きた日の昼、改修業者が下見のために入っており（バンの目撃《もくげき》報告が近くの村人や使用人から寄せられている）、この際にガスの配管に誤《あやま》って傷をつけたのが原因とされている。

この発表に世間の人々はあっさりと納得《なっとく》し、赤ん坊とその父と祖父の痛ましい死に同情の涙《なみだ》を流した。

しかし、爆発《ばくはつ》や火事では説明しきれない歪んだ窓の現場写真が流出し、そこから様々な憶測《おくそく》がとび、そのうえ、目撃者が見た改修工事の業者のバンに書かれた社名が、実在しない会社のものだと分かると、リッジ家の当主ハワードが土地の名士であり厳格《げんかく》なカソリックであったことから、計画的な爆弾《ばくだん》テロ組織の仕業《しわざ》ではないかとの憶測《おくそく》もよんだ。

だがどのグループからも犯行声明は出されず、過去に脅迫文《きょうはくぶん》が届いたこともなく、また生き残った赤ん坊の母親と現場にいて救出に携《たずさ》わったリッジ家の次男イーサンが、頑なにインタビューを拒《こば》んだため、新事実はなにも出てこなかった。

後に母親が周囲に語ったところによると、彼女はその夜の記憶《きおく》がところどころ抜《ぬ》けているらしい。心因性《しんいんせい》の事故の後遺症《こういしょう》と医者は診断《しんだん》した。

またそれだけの事故の中、次男イーサンは軽傷のまま赤ん坊の妹の方を助け出している。助け出された赤ん坊もほとんど外傷はなかった。

死亡した三人と生き残った三人、一体何が明暗を分けたのだろうか。

そしてリッジ家の粘土のように歪んだ窓枠《まどわく》（写真参照）は何を意味するのであろうか。

リッジ家の呪いと囁《ささや》かれるのは、この事故から五年後、生き残った母親も交通事故で死亡したためだ。この際、チャイルドシート内の子供は無事だった。

大破した車の窓ガラスの一部は粘土のように溶けて歪んでおり、その中に子供の手の跡のように見えるくぼみが残っていた（写真2参照）。

このように一つの家に不幸が重なることは皆無《かいむ》ではないが非常に起こりにくい。

最新情報。（やはりこの家には呪いがかけられたのか――管理人談）
事故から十五年後の今年、リッジ家次男も列車事故で死亡。
衝突《しょうとつ》したトラックと列車の壁《かべ》に挟《はさ》まれて両脚《りょうあし》が切断された状態で見つかる。しかし事故直後はしばらくは息があった模様《もよう》で、這《は》いずった跡が残されていた。また何故《なぜ》か周囲にタロットカードが散らばっていた。占《うらな》いの最中《さなか》に事故にあったのだろうか？　特筆《とくひつ》すべきはタロットに複数の白紙カードが交じっていたことだ。

当ページ来訪者からの情報によると、広告デザイナーの仕事をしていたイーサンは裏稼業《うらかぎょう》を持っていたらしい。といっても麻薬《まやく》取引や違法行為《いほうこうい》ではなく、占い師だという。通り名は「白紙のカード占い師」。それが彼の持っていたタロットカードと無関係とは考えにくい……。


読み終わったイーサンはミナトと同じく屋上の手すりにもたれた。肉体はないのだから気分的なものなのだろう。

「ここに書かれていることが、真実だったんですね」

『……いや。真実のほんの一部でしかないよ』

イーサンの言葉でミナトは確信した。あの事件はガス爆発などではないのだと。もっとずっと恐《おそ》ろしいことが、十五年前に起きていたのだと。

それを知るためにミナトはとうとう言った。

「如月さんを助けたのはあなただった。あの場にはあなたもいたんだ。そして事件には、混沌の夜の世界から来た魔物が関《かか》わっていた。魔物は今と同じように如月さんを狙《ねら》ってきて。だからあなたは何も話さなかったんだ。如月さんが罪の意識を持たないように。違いますか」

勢い込んで言うミナトにイーサンはゆっくり首を振った。

『少し違う。話をしないのは、僕が真夜に許しを求めないためになんだ。赤ん坊は二人いた。けれど僕は真夜しか助けられなかった。そのことを真夜に許して欲しくないんだ』

ミナトはまたも違和感を覚えた。イーサンは勘違《かんちが》いをしている。真夜の姉は生きているはずだ。どうしてこの人まで知らないのだろうか……。それとも何があっても、死んだことにしなければならないのか……。

そこでもうひとつ気づいた。イーサンは魔物について否定しなかった。事件に混沌の夜の魔物が関わっていることを認《みと》めたのだ。

「事件のときに、魔物がいたんですね。あなたも見たんですね」

『……あの夜、混沌の夜の世界から魔物が喚《よ》ばれたのは間違いない。けれどそれは真夜を狙ってきたんじゃないんだ』

「如月さんを狙ったんじゃない？　それなら彼女に話したっていいのに――」

ミナトはふと口を噤《つぐ》み、事の重大さに気づいた。

「魔物が、喚ばれた？　だれかが故意に魔物を喚びよせて、そして事件を起こしたっていうんですか⁉」

『だれかの望む結果とは、違ったけれどね。引き金は間違いなくそうだ。……ミナト、きみが真実を求める欲求と同じぐらいに強く、力を望んだ男がいたんだ。僕はその男が大嫌《だいきら》いで——

——だから気づくのが遅れた』

「だれです」

『僕の口からは、これ以上言いたくない』

辛《つら》そうに、だがキッパリと言うイーサンに、ミナトは質問を変えることにした。

「ひょっとしてあなたは、この事件の起きる前から、混沌の夜の世界や魔物たちのことを知っていたんじゃないんですか？」

『きみは頭が回るね。そうだよ、僕は混沌の夜という世界があることも、魔物が存在することもずっと前から知っていた』

「一体、どうやって知ったんですか」

『……うちの家系は代々霊感《れいかん》の強い者が多かったんだ。大昔には何人かの魔女もいたらしい。もっともイギリスはヨーロッパの他の国とは違って、あんなに大規模な魔女狩《まじょが》りはなくて、それで血が続いたんだろうね。その中にはもう一つの世界から魔物を召喚《しょうかん》して契約《けいやく》を結び、富《とみ》を築《きず》いたものもいたみたいだよ。僕は家に残された古い先祖の本からそういうことを学んだ。僕も真夜もそういった血を引いているんだ』

じっと聞いていたミナトはふと思いついて聞いた。

「もしかしてあなたも、魔物と契約を結んだことがあったんですか」

イーサンの顔がこわばった。黙《だま》ったままじっと空を見あげる。ミナトが答えがもらえないかと思った頃、ようやくイーサンは口を開いた。

『僕は……僕は、一度だけ、一度きり契約を結んだよ……』

重い口調のあとに、やはりこのことはこれ以上言いたくないと言われて、ミナトは大人《おとな》しく頷《うなず》いた。昨日の優《やさ》しげな印象と違って、イーサンには多くの顔があるのだなと思った。顔と言えば……。

「あー、そうだ。ここに書かれていた副業の占いのことは……本当？　カードを白紙にしちゃうんですか」

プリントアウトしてきた用紙が真っ白に変わったのを思い出してミナトは聞いた。イーサンはこれには苦笑《くしょう》した。

『それは滅多《めった》にやらない。いつもはカードを白紙にするんじゃなくて、白紙のカードに絵を浮《う》かばせるんだ。そこから色々な物を読み取るんだ』

ミナトは感心し、今でもそれはできるのかと聞いた。イーサンは笑って、幽霊《ゆうれい》だからカードを持てないよと肩《かた》をすくめた。

話はそこでお終《しま》いだった。授業開始を告げるベルがなったのだ。

戻ろうとするミナトにイーサンは最後に言った。

『人間は君が思っているよりもうんと醜悪《しゅうあく》だよ。今はまだ何も言えないけど、きみには真夜を見守っていて欲しい』

その言葉に「できる範囲《はんい》で」とミナトは答えた。

階段を下りながら、ミナトはうーんと頭を掻《か》いた。来るときと違って、イーサンの方は一足先に真夜の元へもどっていた。

「なんか……考えさせられるよなあ」

ミナトにとっては真実は多くの人が知るべきことだと思ってた。けれど……。

「あの子に言わないの?」

「うわっびっくりした!」

踊《おど》り場《ば》で下から来た少女に声をかけられ、ミナトは飛びあがって驚《おどろ》いた。

「真朝《まあさ》さんじゃない。いっつも神出鬼没《しんしゅつきぼつ》だなあ——。んん、ここにはどうやって入ってきたの」

待っていたのは真夜の双子《ふたご》の姉だった。学校内というのにいつもの派手なドレスを着ている。

「見学させてってお願いしたの♪　簡単《かんたん》だったわよ。それで……本当のこと、言わないの？」

「――――うん。今はまだ言わない。何か僕の知らない事情があるみたいだから。僕がずかずかと踏《ふ》みこんじゃいけないと思うんだ」

ミナトが考え考え言うと、真朝は「なーんだ、つまんなーい」と頬《ほお》を膨《ふく》らませた。

「せっかくあんなに焚《た》き付けたのに。ミナトって意気地《いくじ》なしーなしーなしー」

「え、ええっ。でもだって……」

「いーわよ、もー。そうやってみんなで真夜を甘やかすんなら……もう手加減《てかげん》しなーい」

真朝は下からのぞきこむように戸惑《とまど》うミナトを見た。

「手加減って……真朝さん？」

「問答無用なの♪　あの子にお灸据《きゅうす》えるの、協力してね♪」

にっこりと笑顔のまま真朝の手がミナトの頬に伸《の》びた。えっと身体《からだ》を引いたミナトは、一瞬遅れて、かくんと膝《ひざ》をついた。意識を失ったのだ。

「あらあらあらー☆　バービーちゃんたら、せっかちねぇー」

ずるずると落ちる身体を抱き留《だと》めながら、真朝はミナトの後ろに立つ女に声をかけた。

「だってマーサ様ったら、また口づけしようとするんですもの。二度も唇《くちびる》をお与《あた》えになるなんてぇ。わたし嫉妬《しっと》しちゃいますわぁ」

「かわいーわねえバービーちゃんは♪　ふふふ。じゃあ、この子、運ぶのも任《まか》せるわ。あんまり生気を吸ったらだめよ。ほどほどにねー」

「御意《ぎょい》……」

女夢魔《おんなむま》はミナトの身体を抱《かか》えると、別の空間へと消えていった。真朝は愛らしい笑顔を浮かべたままそれを見送った。


真夜は、校内を捜《さが》し回ってもミナトを見つけられず、しぶしぶ授業のために教室に戻っていた。

頼《たの》みのイーサンに話しかけても、しばらく返事がなかった。

やっとイーサンの言葉が返ってきたときには、すでに授業が始まっており、言葉の内容も、授業に集中した方がいいというものだった。

やっとその日の授業が終わり、真夜はイーサンにはっきりと尋《たず》ねた。どうしてあの紙を読むのを邪魔《じゃま》したのかと。

「あそこには十五年前の事が書いてあったわ。ミナトは昨日あれを調べて、新しい事が分かったから知らせに来たのじゃないの？」

しばらくして帰ってきたイーサンの言葉に真夜は眉《まゆ》をひそめた。

優しく疲《つか》れた声はこう言ったのだ。

――すべてを聞く覚悟《かくご》が、真夜にはまだできていないと。

その日家に帰ってからも真夜はむっつりと考えこんでいた。

頭の中ではつまみ読んだ事故の内容がぐるぐると回っている。

「呪い。一家五人死亡」「警察の公式見解」「存在しない業者」「歪んだ窓⁉︎」「第四の死」特に問題なのはこの中の「第四の死」に添《そ》えられた写真だ。自分の周りには死が付きまとっている。呪いだのなんだのは言われ慣れていた。けれど……あの歪んだガラスと小さな手の跡《あと》。あれは一体何を意味するのだろうか。

真夜は今まで事故のことはなるべく思い出さないようにしていた。辛いことは無理に思い出さなくてよいんだと、イーサンにも何度も言われていた。警察で事故当時の話を聞かれたが、付《つ》き添《そ》いのイーサンが半分受け答えをしてくれていた。あの時、自分はなにを言ったろうか。なにか、とても驚かれた覚えがある……。

真夜は、今まで必死に避《さ》けてきていたことをやろうと思った。五歳のときの事故のことを、つぶさに思い出そうと努力した。

事故が起きたのはイースターの少し前の寒い日だった。たしか買い物にでかけた帰りのことだ。街の集会場修理のための資金《しきんぐ》繰りにバザーを開くことになり、真夜の母親のグループでイースターエッグを作ることになった。そのための買い物だった。

（そうだわ、たしかイーサンを呼んで、ゆで卵にカラフルなイラストを描《か》いてもらう話をママとしていた……。わたしが双子のうさぎを描くと言ったら……ママは笑って、それもいいわねって……）

イースターエッグの話を警察でしていたのは覚えている。そのあとに、なにかもう一言いったのだ。それで、話を聞いていた警察官がとても驚いた気がした。

なんだったろう。それが事故の原因だったのか。建設現場の工事の鉄骨《てっこつ》が二人の乗った車に迫《せま》ってきたことは覚えている。

……あのとき、どうして母親はハンドルを切らなかったのだろう。

なにかがあった。なにか、注意を引くことが。

母親は、バックミラーを見てなにか叫《さけ》んでいた。なんと言っていたのか。驚いて後ろをふりかえって……。

「だれか、呼んでいた？」

……サ。……アーサー……違う。でも近い名前の……。

真夜はあっと叫んだ。

母親は「マーサ」と叫んだのだ。

マーサ……真朝！　真夜の双子の姉の名前を。

それを聞いて警官たちは驚いたのだ。何故《なぜ》死んだ子供の名前をと。結局それは事故のあと、死ぬ寸前《すんぜん》につぶやいた言葉ではないかと片付けられた。もともと五歳の子供の話なのだ、警官たちも整合性《せいごうせい》を追究することがなかった。

けれど違う。真夜はハッキリと思い出した。母親が事故の起きる前に「真朝」と言ったのだ。その直後に、建設現場の鉄骨が……。

真夜はゾクリと身体を震《ふる》わせた。

(でも、きっとそれだけじゃない。何かがおかしい。子供の手の跡は何故《なぜ》ついたの？)

迷った末に真夜は学生名簿《めいぼ》を出して電話をかけた。ミナトに聞くつもりだった。今日昼間見せたあの紙に、母親の事件のことはどれだけ詳《くわ》しく書かれているのかと。

しかし、電話口に出たのはそっけない機械音の留守番電話だった。時間は午後六時。まだ戻っていないのかもしれないと、それから一時間毎《ごと》に電話をかけ続けた。留守番電話の応答ばかりが続く中、やっと電話の向こうで人の声がした。

「はい、もしもし折束《おりづか》です」

午後の九時だった。ミナトの母親は、まだミナトが戻っていないようだとつげた。部屋には鞄《かばん》もなく、いつも制服をかけるハンガーも空《から》っぽだという。真夜は丁寧《ていねい》に礼を言って一時間後にもう一度かけ直した。

しかしミナトは帰っておらず、母親は少々心配そうな声を出していた。遅くなることはざらだが、何の連絡《れんらく》もなくこんなに帰《かえ》りが遅くなったのは今までに初めてだと言う。

(夜の十時……こんな時間まで何してるのかしら)

そう思ったとき、手の下で電話が鳴った。ディスプレイに携帯《けいたい》の番号が並び、ミナトだと思って真夜はすぐさま出た。だが——。

「——こぉんばんは。わたしのこと覚えているかしらお嬢《じょう》ちゃん?」

ねっとりした女の声が続けて言った。

「電話の持ち主に会いたいのなら、出会った場所にいらっしゃい」

第七章　来たれ我が元へ

「さぁ、目を開けてごらんなさい。到着《とうちゃく》したわよ」

甘い声が真夜の耳に吹《ふ》きこまれた。

ぐらぐらとする頭を必死にあげて、真夜《まや》は目を開いた。

白い床《ゆか》と石の段が見える。そして赤い絨毯《じゅうたん》の続く先には祭壇《さいだん》。どこにいるのかは分かった。

学校の礼拝堂だった。

「ごめん。ごめんね、如月《きさらぎ》さん」

部屋の端《はし》でミナトの声がした。黒い縄《なわ》で縛《しば》られて床に転がされている。どれくらいそうされていたのか顔色も悪い。それでも真夜の身を案じていることは分かった。そのミナトがはっと息を呑《の》んだ。

「如月さん、イーサンはどうしたの⁉　箱に閉じこめられてる！」

「あぁ、ワンコちゃんは見えるんだったわねえ。お邪魔《じゃま》だからちょっと籠《こ》もってもらったのよ。

本人の心の中にね」

腕にしっかりと真夜を捕《と》らえ、楽しげに女夢魔が答えた。真夜は自分のうかつさに唇《くちびる》を嚙《か》みしめた。

――先ほどの電話で女夢魔は言った。ミナトに会いたいなら、出会った場所で待っていると。

「ただし、余計なお供《とも》はいらないの。わかるでしょ。だれにも言わないでいらっしゃい。今すぐに。でないとこの可愛《かわい》いワンコちゃん――そろそろ死んじゃうわよ」

そして電話からは微《かす》かに漏《も》れ聞こえるミナトの苦しそうな声。

「来ちゃ、だめだよ。如月さん……」

電話を切ると、真夜はイーサンの制止を無視して家を飛び出した。出会った場所――学校の保健室にいると直感したのだ。

道路に出ると正面に人がいることに気づいたが、注意を払《はら》わなかった。黒い膝丈《ひざたけ》のコートにステッキを持つ髪《かみ》の白い老人だった。

だが、その顔を見てイーサンが叫び声をあげた。悲鳴に近い怯《おび》えた声だった。

「イーサン？」

見えるはずもないのにふり向くと、バタンと何かの蓋《ふた》が閉じる音がした。

直後に、足元が崩《くず》れ落ちた。高いところから落下する独特の浮遊《ふゆう》感に混沌《こんとん》の夜の空間へ入ったのだと気づく。

だがそのときにはもう手遅《ておく》れだった。真夜の身体《からだ》は今見たコートの老人の腕の中にあった。と思う間《ま》もなく姿が変わっていき、目の前には柔《やわ》らかな肢体《したい》を持った女夢魔がいた。もがく真夜に、女夢魔はそれは嬉《うれ》しそうに笑った。

「本当に素直《すなお》すぎるわねえ。可愛らしい……このまま食べてしまいたいわ」

「騙《だま》したのね――――イーサンに何をしたの！」

悲鳴のあとイーサンの声が聞こえなくなっていた。この女が何かしたに違いない。

「わたしはあなたを騙したりしないわ。あなたに最初に出会ったのは、この家だったのよ。バカよねぇあなたのお供ったら、何もかも内緒《ないしょ》にするんだもの。守られている実感のないお姫様って、無謀《むぼう》で大好きよ」

妙《みょう》に甘い女の吐息《といき》を感じて、真夜はとっさに顔を背《そむ》けた。女はかまわずに目の前にある真夜の耳にくちづけた。真夜の身体が反射的にすくむ。

「あぁ、その反応すてき。教えてあげる。あなたの優柔不断《ゆうじゅうふだん》な叔父《おじ》さんはね、自分の一番怖《こわ》いものを見ちゃって、泣いて逃《に》げこんだのよ。自分の殻《から》の中に。わたしはその鍵《かぎ》を閉めた、だーけ。何にも悪いことはしてないわ」

「イーサンを自由にしなさい」

「それはできないわ。さぁ、あなたも少しのあいだ眠っていてね。暴れられて道の途中《とちゅう》で落としたら大変でしょ」

女夢魔はもう一度真夜にふっと息を吹きかけた。

「なに……やめ……て。放し……」

そのあと、真夜は急に意識がもうろうとし、気が付くとここにいたのだ。この学校の礼拝堂に。

「教えて。イーサンはどうなっているの？　無事なの？」

真夜はミナトに聞いた。

「怪我《けが》とかはない。ただ、透明《とうめい》の狭《せま》い棺《ひつぎ》みたいなのに入ってて……目をぎゅっとつむってて、すごく苦しそうなんだ」

「イーサンとミナトを放して。わたしを捕《つか》まえたなら、それでいいんでしょう」

真夜は精一杯《せいいっぱい》女夢魔を睨《にら》んだ。

「それが、まだだめなの。あなたへの用事は、済んでいないのよ」

わざとらしく鼻にかかった甘い声。吐息が耳にかかると、真夜はいやでも身体が震《ふる》え、それを出すまいと歯を食いしばった。

「さあ、もう一度夢を見せてあげるわ……。最後の夢よ。ワンコちゃんもいらっしゃい」

女夢魔は真夜の両目を手でおおうと、水滴《すいてき》を払うかのように二度三度と頭を振った。髪は流した墨《すみ》のように広がり、真夜の身体を捕らえてのみこんだ。

「如月さん――――！」

遠くにミナトの声を聞いたが、すべては闇《やみ》の中に埋《う》もれた。


四隅《よすみ》に蠟燭《ろうそく》の灯《とも》る部屋の中は、ぼんやりとした明るさだった。

壁《かべ》には蠟燭に照らされた影《かげ》がゆらゆらと揺《ゆ》れる。

真夜には分かっていた。これは夢だ。

（わたし、知ってる。いつもこの部屋の夢を見ていたんだわ）

真夜の意識は部屋の隅に立ち、全体を見渡《みわた》していた。部屋の中央には一人の男が立っている。

白い髪をした老人だ。真夜はその顔を知っていた。イーサンが驚《おどろ》いて叫んだ老人だ。

その老人は杯《さかずき》を掲《かか》げたあとで、中のものを床にこぼしていた。赤いワインのように見えたが
……。

「生まれたての羊の血だ。よい香《かお》りだろう、赤子たち。神へ捧《ささ》げるべき供物《くもつ》をその反逆者に差し出すのは、もっとも高貴なる行為《こうい》と思わないか？」

真夜の心臓が大きく跳《は》ねた。

赤子――赤子たち？

真夜は急いで部屋の中を見回した。自分のいる部屋の隅、反対側、老人の正面と後ろ――いた。老人の背後に二つのカゴがあり、そこに赤ん坊《ぼう》が入っていたのだ。ただ、一つにだけ。もう一方のカゴは空っぽだ。もう一人はどこに……どこに？

（あれは、わたしだ。あれは、わたしたちだ――！　では、これはだれ？　この人は……）

真夜はふたたび老人を見て、その足元に小さくうごめくモノをみつけてヒッと声をあげた。もう一人がいた。全裸《ぜんら》で身体を真っ赤に染めて――願わくはそれがかけられた血でありますように。

（違う。あそこにいるときには、もう身体は傷ついていた。ペンの先で柔らかい皮膚《ひふ》を傷つけられていた）

夢の内容がよみがえる。痛くて泣きたかったのに、声を封《ふう》じられていた。泣きたかった。寒くて不安で、優《やさ》しい母の手を求めて。

老人は振りかえると残されたもう一人の赤ん坊に向かった。ナイフで衣服を切り裂《さ》き、小さな身体を持ちあげて部屋の前に行く。何をするのかは分かっていた。これからあのおぞましい祭壇《さいだん》の前にある桶《おけ》に浸《つ》けるのだ。羊の血の溜《た》められた桶に。そして鋭《するど》いペン先が身体に文字を書くのだ。

（やめて。だめ。その子だけは――お姉さんには何もしないで！）

真夜は絶叫した。けれど夢は無慈悲《むじひ》に進む。小さな手が宙を掻《か》く。

（どうしてだれも気づかないの！　どうしてパパもママも気づいてくれないの）

イーサンは深い闇の中で真夜の絶叫を聞いていた。

「真夜！」

立ちあがって歩こうとするがすぐに足が止まってしまう。正面に男の顔が浮かんでいた。写真から切り取ったあの男のすべての顔が、ずらりと並んでイーサンを見おろしていた。

――いつのまにかイーサンの身体は少年時代に戻っていた。

「嫌《いや》だ。ここから出して。もうこの部屋に閉じこめないでお父さん！」

少年のイーサンが暗闇のドアを叩《たた》く。すると切り取られた写真の顔がじろりとイーサンを睨んだ。

「いいや。だめだ。それを始末するまでは鍵は開かない。お前の血に応《こた》えてこちらに来た魔物《まもの》だ。お前が滅《ほろ》ぼして帰せ。私はそんな小物《こもの》には用はない」

扉《とびら》の向こうで無慈悲な声が言う。イーサンは扉を叩くのを止《や》めた。どれほど懇願《こんがん》しても、魔物を倒《たお》さないかぎりこの扉は開かない。歯を食いしばり、震えながらイーサンはふりかえった。

床《ゆか》の上にはいまだ仄《ほの》かに光る召喚《しょうかん》の魔《ま》法陣《ほうじん》が浮かびあがっていた。その中心にはいくつもの目と口をもつ、ぬらぬらとしたアメーバーのような魔物がいた。

「契約《けいやく》を……望む、か」

「いやだ。ぼ、ぼくは、お前を望まない……！ もとの世界へ帰れ」

ずるりと蛇《へび》のように身体をうねらせて迫《せま》ってくる魔物に、イーサンは白いカードを掲《かか》げた。目を閉じて気持ちを集中させて念じると、魔物の姿がカードに浮かびあがった。

「我は……呼び出された。契約を……」

「僕は、魔物となんか、契約を結ばないっ！」

少年のイーサンはそう叫ぶと魔物の姿を写したカードを破《やぶ》りさった。間をおかず、魔物の身体も縦《たて》に引き裂かれた。青い炎《ほのお》がわき起こり、魔物を呑《の》みこんでやがて消えた。イーサンの手元のカードも同じように燃えあがって消えた。それは決して熱くないふしぎな炎だった。

すると先ほどイーサンを睨んだ写真の顔に、身体ができた。杖《つえ》をコッコッとつきながらイーサンに近寄り、優しくその身体を抱《だ》きしめた。

「魔物を消したか。よくやったなイーサン」

先ほどとはうって変わった、暖《あたた》かな笑顔を浮かべている。

「さすが私の血を色濃《いろこ》く継《つ》ぐだけはある。お前の兄のサイモンにはまったく才能がなかった。あれには表《おもて》の財産をくれてやろう。だが、私の本当の後継者《こうけいしゃ》はおまえだイーサン」

イーサンは震えながら父親にしがみついた。いつもこのときばかりはとても優しい父親なのだ。

「さあ、上へ上がろう。褒美《ほうび》をやろうな。今度は何がいい」

「……お父さん。もう、僕の血を使わないで。僕は嫌だよ」

「それは駄目《だめ》だ、イーサン。分かるだろう、私にはもっと力が必要だ。私には大きな器《うつわ》がある。それをいっぱいに満たすことこそが正しいのだよ。そして、そのためにはおまえの血が必要だ。私のために力を貸してくれるね。どうした、返事をしなさい。力を貸してくれるね」

「…………はい。お父さん」

優しく諭《さと》す父親に、イーサンは逆らえなかった。うなずいてそのままうなだれた。いつのまにか父親の姿は消え、元のようにただ切り取った写真の顔だけが浮かんでいた。イーサンを嘲《あざ》笑《わら》いながら。

真夜は夢の中で動くことができなかった。悲鳴をあげつづける真夜の目の前で無力な赤ん坊が血の桶に浸けられる。

そのときだった。暗い部屋の中に四角い光が現れた。ドアがあけられたのだ。そして叫び声が。

「――――何してるんですか、お父さん⁉」

「やめろ、その子たちを犠牲《ぎせい》にするなっ！」

二つの声は、真夜たちの父親サイモンとイーサンのものだった。では――この老人は、真夜たちの祖父ハワードなのだ。

(お祖父《じい》様が……なぜ？　それに犠牲？)

血に浸かった赤ん坊を手に、リッジ家の当主は息子《むすこ》たちをふり返った。

「おお、久しぶりだなイーサン。おまえが寄宿学校に逃げてからだから四年ぶりか。せっかくだがお前の血はもう必要ない。もっといい生《い》け贄《にえ》を見つけたからな。……サイモン、お前には私の類《たぐい》い希《まれ》な才能は受け継がれなかったが、子供には色濃く現れた。隔世遺伝《かくせいいでん》だよ。まったくよくやったぞ。この赤子たちの血ならば、あれが喚《よ》べる」

にこやかに言うハワードには、悪びれた様子は微塵《みじん》も無かった。

「私の子供で、悪魔を喚ぶつもりか……信じられない……」

「悪魔ではない、混沌《こんとん》の夜の世界の大いなる力だ。もうすぐ召喚するぞ。さあ邪魔《じゃま》をせずに端《はし》で見ていろ」

ハワードは息子たちに軽く手を振っただけで、下がらせたつもりになり、祭壇に置かれたペンを握《にぎ》ると手の中の赤ん坊の身体《からだ》に文字を刻み出した。痛《いた》みに抗議《こうぎ》して、赤ん坊の身体が逃げようと暴れる。それを見て赤ん坊の父のサイモンは我にかえった。「やめろー」と叫びながら自分の父親に突進《とっしん》していく。イーサンはその間に儀式《ぎしき》を成功させないように燭台《しょくだい》を倒しはじめる。

「よせ、何をする。馬鹿者《ばかもの》が！」

「狂《くる》ってる。父さん、あなたは狂ってる！」

もみ合う二人は赤ん坊を取り合っていたが、とうとうサイモンが我が子を取《と》り戻した。

「イーサン、この子を頼《たの》む」

「もう遅《おそ》い。私は喚ぶぞ。この部屋にいるかぎり生け贄は変わら——」

赤ん坊を弟に預《あず》けたサイモンが父親を殴《なぐ》り飛ばした。イーサンは血まみれの身体を必死に拭《ふ》き、そこに召喚のスペルが刻まれているのを見ると息を呑んだ。すぐに周りを見回し、祭壇の上に飾《かざ》られた短剣を目にするとそれをつかみ取って念じた。柔《やわ》らかい赤ん坊の肌《はだ》から文字が消え、短剣へと移っていく。

一方サイモンはもう一人の娘を床に見つけ、胸に抱きしめた。その背後からハワードが迫《せま》った。「後ろ!」と、イーサンが警告の叫びをあげたが遅かった。ハワードは血の入った重い桶でサイモンの頭を殴りつけたのだ。たまらずに膝《ひざ》をつくサイモンからハワードは赤子を奪《うば》い取る。

「邪魔は、させんぞ。私の為《な》すべき仕事だ。さあ、生け贄はこれだ。来たれ獣《けもの》の王よ、我が元へ!」

魔法陣の中心でハワードが叫んだ。

床が光り、魔法陣の形どおりに崩壊《ほうかい》した。その地の底から夜の闇よりも暗い影が立ち上る。ハワードは歓喜《かんき》の表情を浮かべた。

「生け贄は用意した。力を与えよ、我に、我に!」

黒い影は笑い声をあげた。部屋中がびりびりと震《ふる》えた。

お前ではない。器ではない。お前ではない。愚《おろ》かな老人。お前ではない。矮小《わいしょう》なる者。お前ではない。器はどこだ。どこにいるどこだドコダ――――見つけた。

黒い力が部屋中にあふれ、爆発《ばくはつ》が起こった。

光と力があふれて、そこに存在しないはずの真夜でさえ、顔を庇《かば》った。

けれど、その中で真夜は見た。

力がイーサンの抱く赤ん坊の中にねじこまれていくのを。破壊《はかい》された床の中に、もう一人の赤ん坊が呑みこまれていくのを。それを追って父のサイモンが闇に手を伸ばして落ちていき――驚愕《きょうがく》の表情を浮かべた祖父が、闇の中から伸びてきたいくつもの腕に引きこまれるのを。

「よせ。私は生け贄ではない。よせ――」

天井が崩《くず》れる。屋敷《やしき》のこの一帯が、あり得ざる力に屈服《くっぷく》し、ねじ曲がり、溶《と》けていく。その中で、イーサンと彼の抱いた赤ん坊の周りだけは静寂《せいじゃく》に包まれていた。二人の周りを薄《うす》い闇が包んで守っているのだ。

そこまで見たとき、真夜は自分が現実へと引き戻されるのを感じた。夢が消える刹那《せつな》、屋敷の使用人たちの元へ若い母親が連れてこられるのが見えた。うわごとのように娘たちの名を呼ぶ母親は、崩れた家の壁《かべ》に押しつぶされひどい怪我《けが》を負っていた。

「ママ――」

真夜は叫んだ。その叫びは現実の世界で響《ひび》いた。

「お帰りなさい……。いい夢を見てきたわね」

女夢魔の声が真夜の耳にささやいた。呆然《ぼうぜん》とする真夜の髪をやさしく撫《な》でつける。

「もう分かったでしょう？　だれがだれを――生け贄にしたのか」

真夜を捕《と》らえるというより、優《やさ》しく背中から抱きしめていた。

「わ、わたし、たちの、お祖父《じい》様が……」

「いいえ、違うわ。あの年寄りじゃないわよ。あなたが、双子《ふたご》の姉を生け贄に差し出して、力を得たのよ」

真夜は目を見開いた。

違う。そんなつもりはなかった。でも……現実はそうなっている。

「あなたがいたから、すべての人が巻きこまれて死んでいくのよ……」

「わたしが……いるから……みんな……」

「違う。如月さん、そんなヤツの言葉に耳を貸しちゃだめだ！　しっかりして！」

同じように真夜の夢の内容を見て、同じように目を覚ましたミナトが大声で叫んだ。けれど真夜の目はミナトを見ない。ミナトは本能的に危険だと感じた。真夜の心が壊《こわ》れかけている。

「くそっ。イーサン、助けてあげてよ!!　イーサン！」

ミナトは棺《ひつぎ》の中に捕らえられているイーサンに必死の思いで呼び掛けた。

「キャンキャンうるさく吠《ほ》えるのねぇ。ちょっと黙《だま》ってくれない」

女夢魔が軽く手を振ると、礼拝堂の床が波のように持ちあがった。ここは最初から彼女の支配する混沌の夜の世界だったのだ。ミナトの身体は乱暴に転がされた。壁にぶつかり、床に落とされ、メガネがはじけ飛ぶ。顎《あご》を打った拍子《ひょうし》に口の中も切れる。それでもミナトは真夜とイーサンを呼び続けた。

やがてその声は闇の中のイーサンにも届いた。

闇の中でへたりこんでいたイーサンは、ようやく呼び声に気づいた。目をこらして闇の中を見つめると、カーテン越《ご》しに見るように外の光景が透《す》かして見えた。

メガネをなくして身体中に擦《す》り傷を作っているミナトが「イーサン」と名前を呼んでいた。真夜は女夢魔から身体を引きはがし、手に薔薇《ばら》の鞭《むち》を摑《つか》んでいたが、動きはひどくぎこちなかった。その理由はすぐに分かった。女夢魔は痛烈《つうれつ》な言葉で真夜をなじっていた。周りの人々が死んだのは真夜のせいだと。おかしな力を持っていたから祖父に目を付けられ、生け贄に選ばれ、結局は姉と父親と祖父を殺したのだと。

イーサンは愕然《がくぜん》とした。このときやっと、この女夢魔の狙《ねら》いが分かったのだ。淫夢《いんむ》などとはとんでもない。夢の中で真夜に見せたのは十五年前の出来事だ。その事実を突《つ》きつけて真夜の心を打ち砕《くだ》くつもりだったのだ。

「だめだ。真夜、惑《まど》わされるな！」

イーサンは叫んだが、声は闇の檻《おり》の中に反響《はんきょう》するばかりだった。くそっ、と舌打ちしてイーサンは立ちあがった。

「どこへ行くのかねイーサン」「おまえはここから出てはいけないイーサン」「大人しくしているんだイーサン」「お前は私の自慢《じまん》の息子だ」「言うことを聞くんだイーサン」

周囲に浮かぶ写真の顔が一斉《いっせい》に口を開いた。つめたい声、優しい声。脅《おど》すような声。優しく諭《さと》す声。すべて少年時代のイーサンを支配していた父親の声だ。

「やめろ……何も喋《しゃべ》るなっ」

イーサンは耳をふさぎ激しく頭を振った。

(くそ、くそっ。僕はいつまで……怯《おび》えてるんだ。あのときの勇気を思い出せ。真夜を救ったときの。兄さんとあの部屋に飛びこんだときの――――)

イーサンは自分を囲《かこ》む父親の写真をギッと睨《にら》み付けた。

「消えろ。おまえにはもう支配されない。亡霊《ぼうれい》め、白紙に戻れ!」

ありったけの力をこめて叫んだ。嘲笑《あざわら》う視線にも咎《とが》める視線にも負けずに睨み返した。

すると、写真の顔たちが驚愕《きょうがく》の表情をつくった。徐々《じょじょ》に闇の中に薄れていきはじめたのだ。

やがてすべての顔が消えたとき、どこかで鍵《かぎ》の開く音がした。


『――真夜、かれを喚《よ》ぶんだ』

かろうじて立っていた真夜の耳に、突然イーサンの声がよみがえった。

「イーサン! 無事なのっ」

「大丈夫、無事だよ! 元どおりだよ」

ミナトが安心させようと早口に叫ぶ。そのミナトを庇《かば》って真夜は立っていたのだ。波うつ床は真夜の鞭が叩《たた》けば力を無くす。ミナトがボールのように転がされることはなくなり打ち身も増えてはいない。代《か》わりに真夜の身体《からだ》が傷ついていた。女夢魔《おんなむま》の言葉に半分心が引きずられているため、自分が傷つくのなら構《かま》わないと思い始めていたのだ。

『真夜、今のきみの力ではあいつに勝てない。でもきみは負けちゃいけない。みんなの分を生きるんだ！』

「みんなの……分？」

『そうだよ。きみは強い子だ。負けちゃいけない。だからかれを喚ぶんだ。正統な召喚呪文《しょうかんじゅもん》で喚ぶんだ。きみはもうすべてを知ったから言えるはずだよ』

イーサンの復活とこの言葉は真夜の壊れかけた心に変化を及《およ》ぼした。

真夜は目に力を取り戻した。ひとつうなずいて女夢魔をまっすぐに見据《みす》えた。

夢の中で見た祖父の言葉がよみがえる。召喚呪文とはあれに他《ほか》ならない。

真夜はすっと息を吸うと力強い声で唱《とな》えた。

「――来たれ獣の王よ、我に応《こた》えよ!!」

言葉は力となって真夜の周囲をとりかこんだ。

同時に真夜の左手から深紅《しんく》の花びらが飛び散る。

それが輝《かがや》いて見えるのは、真夜の中に眠る力の強さのためだ。

薔薇の花びらが真夜をとりかこみ、その影の中から夜の空気を含《ふく》んだ風が吹いた。

真夜は目を閉じた。

「我は来たり――御身《おんみ》の元に。……ようやく本当に喚んだな。望みは？」

暗闇の中、真夜の背中に声がささやく。

衣擦《きぬず》れの音がして、真夜は目を開ける。自分を包むレイヴェンのマントが開く。

正面には驚愕する女夢魔の顔。

「倒してちょうだい」

「御意《ぎょい》」

レイヴェンは剣を抜き放つと女夢魔に向けた。

女夢魔は大きく後ろにとびのき、壁の中に姿を消した。

だがレイヴェンの剣は構わず壁を切り裂く。

「相変わらず乱暴ね。女の服の脱《ぬ》がし方も知らないの？」

「大人しくしていろと言ったはずだが」

「それは愛《いと》しい方の望みじゃないの。さからえないでしょ、あなたも」

「だれが主《あるじ》だ」

「さあ……だれかしら」

「言わぬなら、今度こそ手加減なしだ。滅《ほろ》びろ。我が主に仇《あだ》なす魔物」

レイヴェンが飛びあがり、天井に着地するのをだれもふしぎに思わなかった。それほど優雅《ゆうが》な身のこなしだったのだ。そして天井を剣で刺《さ》し貫《つらぬ》く。

一瞬、時間が止まったかのようだった。

剣を抜くと、天井から貫かれた胸を抱《だ》きかかえるようにして、女夢魔の身体が落ちてきた。うつ伏《ぶ》せに床にぶつかり、起きあがろうと震《ふる》えたが、力尽《ちからつ》きる。ただか細い声だけが聞こえた。

「これで……よろしいの……ですね。マーサ様……」

「マーサ？」

レイヴェンが聞きとがめ、問いただそうと床に飛び上がって下りてくる。だが女夢魔のかたわらに立ったとたん、魔物の亡骸《なきがら》は赤い砂に替わり一筋の帯となって礼拝堂の入口へと流れていった。

そうして。

そこには砂を小瓶《こびん》に入れる少女がいた。

赤いドレスを身に着けた彼女は、瓶の蓋《ふた》を閉めると礼拝堂の中へゆっくりと歩いてきた。

「きみは真朝《まあさ》さん……。でもあの赤ちゃんは……。だったらどうして」

記憶のスイッチが入り、混乱したミナトがつぶやく。それにいち早く反応したのはイーサンだった。

『真朝？　真朝だって!?　まさか――』

真夜は一歩前に進み出た。

金髪の少女はこちらを見たまま足を止めた。

その顔を真夜はじっと見つめた。間違《まちが》いない。分かる。分かってしまう。ここにいるのは血を分けた双子の姉妹《しまい》だ。あの夜まで片時も離れたことのない分身。互《たが》いに泣き声を子守歌《こもりうた》にしていた片割れ。離れてはならなかった相手――。

真夜はゆっくりと口を開いた。

「あなたは十五年前に、生け贄として混沌《こんとん》の夜の世界に落ちたのね。身体に生け贄の言葉を刻まれて」

少女は天使のような微笑《ほほえ》みを浮かべた。

「やぁっと目が覚めたようね、まぁや♪　わたしの名前を、言ってみて……」

「まぁさ……。真朝。わたしの、双子のお姉さんだわ」

「そうよ。ようやく会えたわね。長かった……。離ればなれになって十五年よ。本当に……憎《にく》くて憎くてたまらなかったわ真夜。同じ双子なのに、妹のあなただけが助けられて、地上でのうのうと暮らしているんだもの」

真朝は笑っていた。とても嬉《うれ》しそうに笑っていた。

「ねえ、ほら。駆《か》けよって抱きしめてよ。わたしを助けてくれなかったイーサン叔父《おじ》さまも」

真朝は、真夜《まや》に向かって両手を広げた。

真夜は動かない。動けなかった。

代わりにレイヴェンが踏《ふ》み出した。目にも留まらぬ早業《はやわざ》で剣を抜いて、真朝のいた位置に切りつける。真朝はそれほど急ぐでもなくとびのいた。一瞬姿が消えて、礼拝堂の入口にまた現れる。

「だめ。やめてレイヴェン」

「真夜、あなたのお供、礼儀《れいぎ》がなってないわよ。やーあねー。そっちのワンコちゃんの方が、よっぽど可愛《かわい》かったわ」

「……僕を、騙《だま》して利用していたんだ、きみは」

真朝はパチパチと拍手《はくしゅ》した。

「あたりーぃ。やっと気が付いてくれたのね♪　あんまり素直《すなお》に騙されるんだもの。つまんなくて最後殺したくなっちゃったのよ？」

真夜はショックを受けた。ここにいるのは真朝だ。同時に、とてつもなく変質してしまった魔物だ。

「なぜ、こんなことをしたの真朝」

「言ったでしょ。憎かったから。一人だけ何も知らずに生温《なまぬる》く生きていくなんて、許せるはずないじゃない。ねぇ、叔父さま？　忘れないでね♪　叔父さまが教えたのよ。真夜に本当の召喚の言葉を。イーサン叔父さまが真夜を自覚《じかく》のある召喚者にしたの。あぁこれからが楽しいわぁ。真夜、わたしはあなたを殺すわよ」

真朝は両手を合わせてうっとりとした。

愛らしい仕草とは裏腹《うらはら》の真朝の言葉に、だれもなにも言えなかった。

「ところでね、真夜。あなたに教えなくちゃいけないの。これを見て」

真朝は宙に手をかざした。待つほどもなく、手の上に青銅製の鳥かごが現れた。しかし中には鳥はいない。あるのは透《す》きとおった水晶柱《すいしょうちゅう》だ。虹《にじ》の色を放ちながら仄《ほの》かに光っている。

「これ、キレイでしょ。中に人の魂《たましい》を閉じこめてるの。……だれのだと思う？」

真朝はカゴの上部を開けて中の水晶を取り出した。

「わたしたちのママよ——。十年前にわたしが殺して魂を閉じこめて持ってきたの」

「まさか、そんな——!!」

真夜は言ったが、真朝のかざした水晶の中に小さな女の人の顔が見えると口を閉じた。そこには確かに、自分の……自分たちの母親がいたのだ。

「ママはすぐにわたしのこと分かってくれたわよ。五年あなたが独占《どくせん》していたんだもの。次はわたしの番だと思ったの」

『なんてことを……真朝、きみはなんてことを――――！』

「家を逃《に》げ出した叔父さまは黙《だま》ってて。あなたの言葉なんか聞かない。ねえ、真夜ぁ優《やさ》しいママの魂を取り戻したかったら、わたしに勝つことね♪」

真朝は鳥かごの中に水晶を戻すと、乱暴にガランガランと振った。水晶が澄《す》んだ音を立て、まるで母親の悲鳴のように聞こえた。

「じゃあ今日はここまでね。真夜に会えて嬉しくて、お喋《しゃべ》りがすぎちゃったわ」

うふふと上機嫌《じょうきげん》に笑い、真朝は鳥かごを振り回しながら、礼拝堂の扉の向こうへ姿を消した。

彼女の笑い声が聞こえなくなるまで、だれも動くことはできなかった。

エピローグ

一夜が明けて。

真夜《まや》もミナトも朝からまじめに登校していた。昼休み、ふたりは中庭のベンチに座っていた。

「帰りが遅くなったでしょ。家の人に怒《おこ》られなかった?」

核心にはまだ触れず、真夜は別のことから話し出した。

「怒られた。わりとこっぴどく。でも理由を説明したら納得《なっとく》してくれたよ」

ミナトはあっけらかんと言う。

「説明……?」

「うん。悪いヤツラに絡《から》まれてる女の子を助けに入ったら、相手が強くて僕もボコボコにされそうになって、そしたらまた別のカッコイイお兄さんが助けてくれて事《こと》なきを得ましたって。遅くなったのは、その女の子を家まで送っていったからですって。間違ってないよね?」

にっと笑うミナトの口元は赤く腫《は》れあがって痛々しかったが、本人は楽しそうだった。

「ええ、間違ってないわ」

真夜はゆっくりとうなずいた。

「あなたがいたから、本当に助かったと思うもの。ありがとう」

「えっ。いや。えっと、そんな……僕こそさぁ」

真夜に近距離《きんきょり》から気持ちのこもった目でじっと見つめられ、ミナトは赤くなった。

そのミナトの頭を後ろから鷲《わし》づかみする手があった。無理矢理首を曲げて真夜から視線をはずさせる。

「痛い、イタタタ……なにすんだよ……って、ええっ」

ミナトはうしろをふりかえって怒鳴《どな》り、ビックリした。そこにはレイヴェンがいた。ミナトと廊下で会ったときのように、一応現代の服装をしているが。

「レイヴェン……何しているの。喚《よ》んでないわよ」

「真夜ではなく、コレが呼んだ。俺のことはかっこいいお兄さんだそうだな」

「別に君のこと言ったつもりはないよ。イーサンのことだよ」

わざとらしく目を眇《すが》めて「うぬぼれ屋ってやだなぁ」とミナトは付け加えた。

なんというか、極《ごく》当然の成り行きで、またもやレイヴェンに頭をこづかれる。ミナトが険悪《けんあく》な顔で文句を言おうとするのをイーサンが割って入った。

『あー、そこ、わけ分からない喧嘩《けんか》はしないように。真夜がこまって……』

と、視線を向けたイーサンは驚《おどろ》いた。真夜がもう少しで笑い出しそうな顔をしていたのだ。

「みんないるから、丁度《ちょうど》いいわ。聞いてくれる？　わたし、決めたの」

ピンと張りつめた真夜の声に全員がはっと背筋を伸ばした。

「本当はこんなことしたくない。でもきっと、逃げてたらダメだと思うから。……わたしはママの魂を救いたい。だから——戦うわ、真朝《まあさ》と」

「よく決心したな。存分に俺を使え」

「僕ももちろん手伝うよ。協力する」

レイヴェンにつづき、ミナトが勢《いきお》いこんで言う。

「ありがとう、ふたりとも」

重大な決意を口にした真夜は、ふたりの言葉に思いつめた顔を少しだけ緩《ゆる》めた。

思い切るまで、一晩中悩《なや》んでいたのをイーサンは知っていた。昨日一晩であまりにも色々なことを知り、衝撃《しょうげき》を受けたというのに、真夜はくじけずに立ちなおった。

レイヴェンの言うとおり、真夜はイーサンが考えていたよりもずっと強い人間に成長していた。

『真夜……がんばろう』

イーサンは見えないと分かっていて、真夜の頭を優しく撫《な》でた。

ミナトはアッと思ったが、説明することは控《ひか》えた。そんなことをしなくとも、充分《じゅうぶん》イーサンの気持ちが通じていると真夜の仕草を見て分かった。

――真夜は、目をパチパチとさせて周囲を見回したあと、どこか照れくさそうに自分の髪を撫でていた。

あとがき

こんにちは。榎木洋子です。
新シリーズはじめましての方、初めましての方、どうぞよろしくお願いいたします。
ごひいきの方、初めましての方、どうぞよろしくお願いいたします。

今年の夏は、記録的な猛暑《もうしょ》でしたね。色《いろ》んな方が体調崩《くず》されていそうです。夏の疲《つか》れは秋に出るといわれました。皆様《みなさま》このあとも油断召《め》されずに。

このお話には今までやりたくてもなかなか手のでなかった要素が沢山《たくさん》入っております。なんだか新鮮《しんせん》な気持ちで楽しかったです。

角川さんとの仕事は約一年ぶりになります（前のシリーズはどうしたのと言われそうですが、「月の人魚姫」シリーズのイルとエアリオルは現在お休み状態です）。

代《か》わりに来たのが、真夜《まや》とレイヴェンです。

一巻ではかれらの馴《な》れ初《そ》め編ですね。書いているうちに、あれよあれよと変更が加わっていったお話です。重要人物の一人が当初ちっとも出番なかったはずなのに……とか。蓋《ふた》を開けてみたら美味《おい》しいところ持って行きっぱなし、とかとかとか（笑）。でも後悔《こうかい》してません。変更続きで大変だったけどその分面白《おもしろ》い（はず）！

そして今回初めて挿絵《さしえ》をお願いした左近堂絵里さん。新書館にてご活躍中の新進気鋭《きえい》の漫画《まんが》家《か》さんです。絵がとっても華《はな》やかで美しいです。真夜の目がもう、これしかないって感じです。ステキな真夜をありがとうございます。

今回のエピローグのシーンですが、実は……左近堂さんがイーサンのキャラ設定の隅《すみ》っこにちまっと描《か》いてあったイラストがもとだったりします。だってあんまりにも可愛《かわい》くてステキだったんですもん！「こーれーだーっ！」て、使わせていただいてしまいました。

榎木は現在頂いたお手紙にお返事がかけない状況《じょうきょう》ですが、ホームページを開いております。最新情報などがあります。ぜひ遊びに来てください。http://www.shuryu.com/

iモードはこちらです。http://www.shuryu.com/imode/

なお「ザ・ビーンズ」誌上にて「ダークローズ・プリンセス」の短編小説と、左近堂さんのステキ漫画が掲載《けいさい》されます。興味ある方は十二月中旬《ちゅうじゅん》に本屋さんをチェックしてみて下さい。

それでは第二巻でお会いしましょう！

榎木洋子

BEANS BUNKO

「ダークローズ・プリンセス　黒の騎士」の感想をお寄せください。
おたよりのあて先
〒102-8078　東京都千代田区富士見2-13-3
角川書店アニメ・コミック事業部ビーンズ文庫編集部気付
「榎木洋子」先生・「左近堂絵里」先生
また、編集部へのご意見ご希望は、同じ住所で「ビーンズ文庫編集部」
までお寄せください。

ダークローズ・プリンセス
黒《くろ》の騎士《きし》

榎木洋子《えのきようこ》

角川ビーンズ文庫　BB5-3　13477

平成16年11月1日　初版発行

発行者———井上伸一郎
発行所———株式会社角川書店
東京都千代田区富士見2-13-3
電話／編集（03）3238-8506
営業（03）3238-8521
〒102-8177　振替00130-9-195208
印刷所———暁印刷　製本所———コオトブックライン
装幀者———micro fish

ISBN4-04-445303-9 C0193 定価はカバーに明記してあります。

それは、闇と光の宿命のサーガ!!
アストロッド・サーガ
悪魔の皇子
深《ふか》草《くさ》小夜子《さよこ》
イラスト／みなみ遥
「悪魔の皇子」と呼ばれる異母兄弟、シェラバッハとアストロッド。憎み、執着する兄弟の戦いの物語!
第2回角川ビーンズ小説賞〈優秀賞〉受賞作!!

時光の隊士
青狼さまよう
〈新選組〉、見参!!
新選組隊士・原田左之助の生まれ変わりである、高校生の浅野喬生。
土方歳三、沖田総司とともに〈時光石〉を巡る戦いに
巻き込まれていく喬生だが——!?
Arisa Maki Presents
槇ありさ
イラスト／桑原《くわばら》祐子《ゆうこ》

●角川ビーンズ文庫●

半神の女剣士
喜多みどり
Midori Kita presents
イラスト／宮城《みやぎ》とおこ
西風の皇子《ディディウス》
「天空の剣」のウィルゴ、ついに登場!!
自分の身体に同居(?)中の、すべてを破壊する力を持
つ〈滅びの女神〉の封印方法を探す、少年ディディウス。
そんな彼の前に、ある日、乱暴な女剣士が現れて――!?

●角川ビーンズ文庫●

第3回 角川ビーンズ小説賞 結果発表!

新たな才能を発掘する「角川ビーンズ小説賞」。その第3回には、381本の応募作品が寄せられました。慎重なる選考を経て最終候補5作品を決定、その後、選考委員の荻原規子氏、津守時生氏、若木未生氏（五十音順）による厳正な最終選考の結果、次の三作品が受賞いたしました。
ご応募くださいました方々、選考にあたられた諸氏に厚く御礼申し上げます。

大賞

該当作なし

優秀賞

「即興オペラ・世界旅行者」栗原ちひろ（東京都）

かつて世界には「世の果て」と呼ばれる場所があり、どんな願いも叶える鳥の姿の神と、少年王がいたという。少女ハルヒは、詩人イエジと、ハルヒの命を狙う青年グヴィードと共に「世の果て」を目指すことになる。徐々にイエジに惹かれていくハルヒだが、辿りついた「世の果て」で待ち受けていたのは、「偽王」と呼ばれる人物とイエジの秘密で……？

優秀賞

「花に降る千の翼」月本ナシオ（大阪府）

南洋の島々からなる王国タリマレイの王女イルアラは、誤って鳥の王の呪いを受けてしまい、神々や精霊と通じる力『ランガル』をもたない身。そのため、鳥の王の息子エンハスを護衛役として暮らしてきた。そんな中、イルアラの病弱な妹と女たらしで有名な大国の王シーハンとの結婚話が浮上。大反対のイルアラは、シーハンのもとに乗り込むが……。

奨励賞&読者賞

「魂の捜索人《ゼーレ・ズーヒア》」村田 栞（山梨県）

人一倍臆病なクセに、死霊や生き霊が見えてしまう少年シオン。さまよえる人間の魂を探し出す「魂の捜索人」と呼ばれる女司祭・ファティマに弟子入りしたシオンだが、男まさりな彼女の奔放さに惹かれていく。ファティマの使い魔で、彼女に恋い焦がれる美貌の堕天使グランディエとともに、ある魂をめぐる陰謀に巻きこまれていくシオンだが——。

最終選考通過作品

「夜風花玉」岡篠名桜（大阪府）
「即興オペラ・世界旅行者」栗原ちひろ（東京都）
「花に降る千の翼」月本ナシオ（大阪府）
「D－ブレイカー」薙野ゆいら（東京都）
「魂の捜索人」村田 栞（山梨県）